치명적
사랑을
못한
열등감

치명적
사랑을
못한
열등감

문 정 희 산 문 집

나를 사로잡은 아티스트와
그 전율의 만남

문예
중앙

만남은 불꽃과 같아서 치명적인 화상을 남긴다.

눈부신 예술가들과의 만남, 자유가 돌멩이처럼 굴러다니는 도시와, 우울의 습기 자욱했던 정신들과의 만남, 그 모든 만남은 사람의 생을 전환시키는 치명적인 전율이 되기도 한다.

자유혼을 찾아 떠돌며 방황하고 헤맨 끝에 결국 내가 만난 것은 "나와의 만남"이 아니었을까. 나의 열정과 밀도의 근원들에 대한 사랑을 고백한 이 책은 작지만 나의 생을 전환시킨 불꽃들이다.

연재의 글로 혹은 에세이로 쓴 글 가운데 한 주제로 뽑은 글이다.
작지만 아름다움으로 뚫린 이 길! 맨발로 오래 걷고 싶다.

2016년 가을
문정희

목차

작가의 말   5

1부

나의 아티스틱 라이선스   11

인간은 모두 슬픈 떠돌이별   18

잘 있거라, 나는 슬픔을 보았다   33

아버지가 남긴 폐허   52

치명적 사랑을 못한 열등감   66

2부

길 위에서 On the road   81

나약한 지식인이란   97

우드스톡의 아침   114

죄수복을 보내준 친구에게   123

딸이 잠드는 거실   131

인연은 오묘하고 질긴 것 한국시의 신화: 미당과의 만남1   136

구부러진 것이 온전한 것이다 한국시의 신화: 미당과의 만남2   153

3부

글창녀와 얼음번개	177
빼어나고 슬픈 이 땅의 딸들	190
여자의 시 쓰기는 신과의 입맞춤	196
"응"이라는 말	217
파리 그리고 에브뢰에서 생긴 일	224
젊음은 인동초이다	229

작품 출처	234

1부

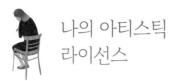

나의 아티스틱
라이선스

세계 35개국에서 온 작가들과 함께 3개월을 살았던 미국 아이오와 대학 기숙사 메이플라워는 툭하면 화재 경보가 울렸다. 작가들의 방은 8층에 있었는데 화재 경보가 울릴 때면 우리는 허둥거리며 복도 끝으로 난 통로를 통해 건물 밖 벌판으로 대피해야 했다. 이 건물 곳곳에 설치된 화재경보기는 매우 예민해서 한번은 어느 작가가 복도에서 무심코 담배를 피우며 지나갔다가 그만 경보기가 울려 소방차가 달려오기도 했다.

첫눈이 얇게 내린 날이었다. 아침에 샤워를 하는데 또 요란하게 화재 경보음이 울렸다. 전신에 물이 묻은 상태로 비눗물도 채 씻지 못하고 맨몸에다 코트만 걸치고 건물 밖으로 대피를 했다. 8층에서 겨우 내려와 보니 많은 학생이 벌판에 쏟아져 나와 불이 난 메이플라워를 걱정스레 올려다보고 있었다. 소방차가 3대나 달려와 서둘러 소화 장비를 풀고 있었다.

나는 젖은 몸에 달랑 코트만 걸쳤기 때문에 이른 추위가 온몸으로 스며들어 이를 덜덜 떨었다. 코트 속 맨몸이 신경 쓰였지만, 그보다 젖은 머리에서 떨어지는 물을 연신 손으로 쥐어짰다. 그때 저쪽에서 자동차 문을 열고 누가 나를 불렀다. 이 대학에 한 학기 동안 대사 전문 강사로 초빙되어 온 여배우 셸른이었다.

그는 미국인으로 나의 아파트 메이트였다. 방을 함께 쓰는 룸메이트와는 달리 방은 따로 쓰고 부엌과 화장실만 같이 쓰는 것이었다. 나는 그의 차에다 얼른 몸을 실었다. 셸른은 아이스크림 카페를 안다며 거기에서 아침을 먹자고 했다.

만약 불이 더 크게 번진다면 지금 내 방에 두고 온 것 가운데 무엇이 제일 중요하고 아까울까? 여권? 원고? 일기장? 옷?…… 등등을 떠올려보며 우리는 빠르게 벌판을 빠져나왔다.

아침 햇살은 찬란했고, 숲에서는 마른 풀 향기가 퍼져 나왔고, 호수는 평화로웠다. 무엇보다 난생처음 맨몸에 코트만 달랑 걸친 이 순간이 더할 수 없이 자유롭고 상쾌했다. 셸른의 차림은 나보다는 처지가 나았지만, 구두를 짝짝이로 꿰어 신고 있었다. 우리는 영화 속의 유명한 델마와 루이스처럼 차창을 열고 감기에 걸리든 말든 젖은 머리칼을 휘날렸다.

셸른이 나에게 말했다.

"당신은 시인이다. 당신이 가진 아티스틱 라이선스Artistic license가 부럽다!"

뜻밖에 푸른 눈의 젊은 여성으로부터 부럽다는 말을 듣고 나니 정말 내 손에 아름다운 무슨 자격증이 무기처럼 쥐어져 있는 듯한 착각이 들었다. 순간 창작 의욕이 뜨겁게 솟구쳐 올랐다. 얼른 내 책상으로 돌아가 미친 듯이 시를 쓰고 싶었다.

'아티스틱 라이선스'란 원래 시적 허용詩的許容을 뜻하는 것으로, 문법상 틀린 표현이라도 시적인 효과를 위해 허용하는 것을 말한다. 그러나 당시 그녀의 말은, 운전면허증은 길이 있는 곳만 운전할 수 있지만 아티스틱 라이선스는 길이 없는 곳까지 스스로 자유로이 새 길을 만들어갈 수 있는 면허증이라는 의미로 들려 정말 특별하고 매력적으로 느껴졌다.

나는 야성의 감각이 빛나는 이 아침의 싱싱함이 다시 일상에 파묻혀 사라지지 않을까 두려웠다. 그래서 앞으로 이 찬란한 햇살과 상쾌함을 기억하며 거침없이 생명의 불꽃을 시로 쓰리라 생각했다. 상처나 고통의 굴절광에서 빛나는 것이 보석이듯이 일상을 벗어난 위험한 배경, 외로운 상황에서 문득 빛을 발하는 이 감각과 창작에의 열망이 나를 한없이 설레게 했다.

불난 집을 두고 맨몸으로 나와 아침 식사로 아이스크림을 먹고 있는 비일상적인 이 장면을 오래 잊을 수 없을 것 같았다.

아이스크림에다 커피를 몇 잔이나 마시고 유유히 메이플라워에 돌아오니 소방차는 벌써 돌아가고 없었다. 평화로운 고요가 찰랑 이고 있을 뿐이었다.

그 후 생을 향한 불꽃을 여러 편의 시로 썼다. 폭설이 내리는 한 계령에 못 잊을 사람하고 갇히고 싶다는 넌지를 쓰며 "빌이 이니피 운명이 묶였으면"(「한계령을 위한 연가」) 하고 고백했고, 「"응"」이라 는 시를 통하여 음성적인 효과와 시각적 효과로서의 우리 문자의 아름다움과 호응을 노래했다.

나의 시를 읽고 어떤 사람은 이렇게 물었다. "모두 실화인가요? 경험담이시죠?" 사람들은 참으로 스토리를 좋아하는 것 같았다. 그리고 간혹 나의 시에 나오는 사랑의 대상을 착각하는 일도 있어 질투를 보내거나 경계를 하는 일도 있다. 속으로 실소를 금하지 못 할 때도 있지만 기쁘게 생각한다.

창작 의욕이 시들해지는 날이면 나는 그 아침 불난 기숙사를 뒤 에 두고 맨몸에 코트만 걸치고 달리던 눈부신 벌판을 떠올린다. 금 발의 여성이 부러워하던 내가 가지고 있다는 아티스틱 라이선스를 다시 확인한다.

반복되는 진부한 일상, 흙탕물처럼 혼탁한 상투어에 가려져 진 정한 생명의 불꽃이 잘 안 보일 때가 많다. 생명의 뜨거운 에너지가 가뭇없이 사라지고 있는 것 같아 슬프기도 하다. 사라지는 것이 아 름답다지만 그래도 나는 생각한다. 그날 아침 샤워를 하던 내 귀에

15

황급하게 들려왔던 화재 경보음은 당신의 집에 불이 났다는 긴급 신호인 동시에 나의 잠자는 시혼詩魂을 깨우는 신호가 아니었을까.

사랑, 오늘밤 나는 쓸 수 있다

세상에서 제일 슬픈 구절을

이 나이에 무슨 사랑?

이 나이에 아직도 사랑?

하지만 사랑이 나이를 못 알아보는구나

사랑이 아무것도 못 보는구나

겁도 없이 나를 물어뜯는구나

나는 고개를 끄덕인다

열 손가락에 불붙여

사랑의 눈과 코를 더듬는다

사랑을 갈비처럼 뜯어 먹는다

모든 사랑에는 미래가 없다

그래서 숨 막히고

그래서 아름답고 슬픈

사랑, 오늘밤 나는 쓸 수 있다

이 세상 모든 사랑은 무죄!

문정희,
「오늘밤 나는 쓸 수 있다―네루다 풍으로」

 인간은 모두
슬픈 떠돌이별

　　　　　『내 슬픈 창녀들의 추억』. 가브리엘 가
르시아 마르케스의 이 소설의 모태는「잠자는 미녀의 비행기」란
그의 에세이였다고 한다. 그는 파리에서 뉴욕으로 가는 비행기 안
에서 잠자고 있는 아름다운 여인을 일곱 시간 동안 지켜보며 이 소
설을 구상했다. 오십 중반 남자의 감정이 고스란히 담겨 있는 이
에세이를 쓰고 한 달 이틀이 지난 후 그는 노벨 문학상 수상자가
되었다는 발표를 들었다.

　수국꽃 옆에 앞가르마를 탄 모나리자처럼 아름다운 젊은 여인
의 모습이 그려져 있는 영어판『내 슬픈 창녀들의 추억Memories of
my melancholy whores』의 뒷날개에 있는 그의 사진을 보면 가르시아 마
르케스는 진정 거장다운 섬세함과 권위를 동시에 지닌 모습을 하
고 있다.

그의 사진을 볼 때마다 나는 스스로를 향해 작은 실소를 터뜨리곤 한다. 멕시코에서 열리는 세계 도서전에 참가하기 위해 소설가 한 분, 평론가 한 분과 함께 과달라하라로 가고 있을 때였다. 로스앤젤레스에서 비행기를 갈아탄 우리 일행은 멕시코시티에서 다시 국내선 비행기를 갈아탔다. 선인장 술 테킬라로 유명한 도시 과달라하라는 멕시코 중부에 위치하고 있었고 비행시간은 제법 길었다.

우리가 탄 비행기는 작았다. 앞에서 세 번째 줄쯤 통로에 앉게 되었는데 바로 나의 앞자리에는 중후한 노신사가 지팡이를 짚고 앉아 있었다. 지팡이가 유난히 눈에 들어온 것은 공항을 통과할 때 심하게 까다롭던 검색 과정 때문이었다. 9·11 테러 이후 세계의 공항들은 어디라 할 것 없이 까다롭게 소지품을 제한하고 몸수색을 했다.

'지팡이는 무기가 될 수도 있을 텐데…… 어떻게 쉽게 공항 검색대를 통과할 수 있었을까?'

내가 이런 생각을 한 것은 어느 영화에선가 한 남자가 짚고 있던 지팡이의 손잡이를 쑥 뽑자 그것이 바로 날카로운 장검이었던 것이 생각났기 때문이다.

태양의 나라답게 멕시코의 국내선 비행기는 내내 밝은 햇살 속을 비행해 갔다. 세 시간쯤 지났을까, 드디어 과달라하라 공항에 내리게 되었다. 역시 눈부신 햇살 아래 달콤한 열대 공기가 이곳이 카리브 해의 도시임을 단번에 실감하게 해주었다. 하얀 블라우스를 입은 키가 작달막한 과달라하라 대학의 여교수가 한국 작가 일행을 반갑게 맞았다. 짧은 수인사가 오간 뒤 그녀는 나에게 물었다.

"가르시아 마르케스 선생님도 이 비행기로 오셨어요. 혹시 어떤 얘기라도 나누셨나요?"

내가 반문을 할 사이도 없이 그녀는 저만치 걸어가고 있는 일행을 손으로 가리켰다. 내 앞자리에 앉았던 노신사가 지팡이를 짚고 마중 나온 사람들에 둘러싸여 저쪽으로 걸어가고 있었다. 틀림없이 가르시아 마르케스였다. 그다음 날 도서전 개막식 단상에 존 쿠체, 나딘 고디머 등 금세기 스페인어권 노벨 문학상 수상자들과 나란히 앉아 있는 지팡이 짚은 노신사를 다시 보면서 나는 속으로 실소를 터뜨렸다.

발매 후 60일 만에 백만 부 판매 기록을 세웠고 전 세계 19개 국어로 번역되었다는 『내 슬픈 창녀들의 추억』에서 마르케스는 이런 말을 한다. 문학이나 글쓰기는 사람들을 비웃기 위한 최고의 장난감이라고. 그리고 그는 "창녀들이 말하는 최악의 여자는 정략적으로 결혼하거나 남편을 속이는 여자들이며, 그들이야말로 창녀 중의 창녀"라고 한다. 그의 소설 속 지문에는 이런 말도 있다.

나는 내 생애를 일 년이 아니라 십 년 단위로 재기 시작했다. 오십 대의 삶이 결정적이었는데, 왜냐하면 대부분의 사람들이 나보다 나이가 적다는 것을 발견하게 되었기 때문이다. 육십 대는 이제 더 이상 실수할 시간이 남아 있지 않을지 모른다는 생각에 가장 열심히 산 시기였다. 칠십 대는 이것이 내 인생의 마지막 기간일 수 있다는 생각에 끔찍했다. 그러나 아흔 번째 생일에

델가디나의 행복한 침대 속에서 살아 있는 몸으로 눈을 뜨자 인생은 헤라클레이토스의 어지러운 강물처럼 흘러가버리면 그만인 것이 아니라, 석쇠에서 몸을 뒤집어 앞으로 또 90년 동안 나머지 한쪽을 익힐 수 있는 유일한 기회라는 흡족한 생각이 머릿속을 스쳐 갔다. 나는 걸핏하면 눈물을 흘리는 울보가 되었다.

지팡이만 보고 마르케스를 알아보지 못한 그때의 나의 여행은 많은 것을 생각하게 해주는 여행이었다. 달밤에 추는 집시의 춤을 보며 로르카의 시를 떠올렸고, 남미 음악의 처절한 관능 때문에 강렬한 시의 이미지를 그려 보았던 여행이기도 했다.

테킬라 마을로 가는 버스가 중간 휴게소에서 주유를 하기 위해 잠시 멈추어 섰을 때였다. 한국의 대표 시인선을 스페인어로 번역한 정권태 교수가 가판대에서 신문을 하나 사 들었다. 문화 예술면 첫 페이지에 전면으로 한국문학이 소개되어 있었다. 함께 참가한 서정인의 소설 「강」과 나의 시 「편지」가 스페인어로 번역되어 또 다른 감흥을 주었다. 버스에 동승했던 멕시코의 화가가 그것을 읽고는 나의 다음 시집의 표지를 자신이 꼭 그려주고 싶다고 했다. 테킬라 술을 만드는 선인장 마게이의 굵고 싱싱한 이파리가 날카로운 가시를 허공으로 치켜들고 마치 군대의 열병식처럼 줄지어 서 있는 벌판을 바라보며 내가 말했다.
"저는 이곳에 세 번째 옵니다. 심지어 한국의 남도 지방조차 안 가본 곳이 많은 내가 이 먼 멕시코의 구석을 어찌하여 세 번이나 그

하나만 사랑하시고
모두 버리세요

그 하나
그것은 생이 아니라
약속이에요

모두가 혼자 가지만
한곳으로 갑니다
그것은 즐거운 약속입니다 어머니

조금 먼저 오신 어머니는
조금 먼저 그곳에 가시고

조금 나중 온 우리는
조금 나중 그곳에 갑니다

약속도 없이 태어난 우리
약속 하나 지키며 가는 것
그것은 참으로 외롭지 않은 일입니다

어머니 울지 마셔요

어머니는 좋은 낙엽이었습니다

문정희,
「편지」

것도 번번이 다른 목적으로 오게 되다니…….”

그때 멕시코 화가의 입에서 이런 단어가 튀어나왔다.

“카르마karma!”

업業이라는 것이다.

마침 나의 시「편지」를 읽은 뒤여서 그랬을까. 그의 입에서 거침 없이 튀어나온 ‘카르마’라는 불교적인 용어가 사뭇 뭉클했다. 나는 「편지」에서 “모든 생명은 한곳으로” 간다며 그 약속을 사랑하자고 했지만 그곳이 어디인지 아무도 모른다. 인간은 어딘지도 모르는 그곳을 향해 그냥 가고 있는 슬픈 떠돌이다.

떠돌이…… 떠돌이별!

순우리말 가운데 이 말처럼 아름답고 의미가 깊은 말도 없을 것 같다.

*

떠돌이라고 하면 대뜸 떠오르는 여자가 있다. 얼굴도 이름도 잘 생각나지 않지만 추운 겨울밤 발칸 반도 바람 부는 산정에서 만난 신비한 떠돌이 여자를 잊을 수 없다. 그 흔한 주소도 이름도 묻지 않고 그냥 헤어져버렸다. 코소보 부근 테토보라는 도시의 외딴 호텔에서 그녀를 만났다.

세계 번역자 대회가 열린 다음 날이었다. 불문학자로서 일찍이 우리나라에 사르트르와 실존주의를 최초로 소개한 원로 B교수와 함께였다. 나의 일정은 모두 끝났지만 B교수의 일정에 맞추느라 이곳으로 와서 외국 번역자들과 함께 하룻밤을 보내게 되었다. 우리는 그다음 날 불가리아 소피아로 가서 에어 프랑스를 함께 타고 서울로 돌아갈 예정이었다.

테토보에서의 하룻밤은 고통스러웠다. 날씨가 추운 데디 바람이 태풍의 속도로 부는 산정의 외딴 호텔은 을씨년스럽기 짝이 없었다. 어디선가 곧 유령이 나올 것처럼 괴기스럽기까지 했다. 커피숍을 찾고 보니 호텔에 사람의 발길이 끊긴 지 오래여서 문은 열려 있지만 커피를 끓여본 지가 10년은 넘은 것 같았다. 호텔 로비 한쪽에 낡고 헐어빠진 소파가 두어 개 놓인 곳에 번역자들로 보이는 나이든 여성 서넛이 둘러앉아 있었다. 내가 왜 그 여성들 사이를 비집고 들어갔는지 그것도 기억이 없다. 아무튼 그 여인은 거기 앉아 있다가 나를 보자 대뜸 노래를 부르기 시작했다.

"도라지 도라지 도오라지…… 심심산천에 백도라지……."

나는 그만 너무 놀라서 입을 다물지 못했다. 그 여인을 자세히 쳐다보았다. 세탁에 오래 시달린 풀 죽은 홑겹 레이스 옷을 입고 있는 여인은 뜻밖에도 동양 여자였다.

"한국분이세요?"

그녀의 손을 덥석 잡으며 내가 한국말로 물었다. 그녀는 고개를 흔들었다.

"어릴 때 중국 만주 신경에 살 때 옆집 사는 사람들에게 배운 노래이죠. 그 사람들은 늘 이 노래를 불렀어요. 그런데 참 이상해요.

지금껏 잊히지 않고 그 노래가 여기까지 나를 따라와 툭하면 내 입에서 흘러나온답니다.”

그녀의 영어는 썩 좋았다. 이 말을 하는 동안 그녀의 목소리는 우는 것처럼 흔들렸다. 그녀는 노래를 계속해서 불렀다.

“한두 뿌리만 캐어도 바구니 철철 넘친다. 에헤야 데헤야…….”

나도 그녀의 노래를 따라 불렀다. 곁에 둘러앉은 초면의 외국 여자들이 우리의 이중창을 향해 손뼉을 쳐주었다. 그녀는 핸드백에서 종이를 꺼내더니 악보를 만들어달라고 했다. 그리고 가사도 좀 더 정확하게 적어달라고 했다. 그녀와 나는 악보를 그리며 〈도라지 타령〉을 부르고 또 불렀다. 거기 모인 독일어, 러시아어, 영어, 이탈리아어, 알바니아어 번역자들도 금방 〈도라지 타령〉을 익혀 함께 따라 불렀던 것 같다.

언제 왔는지 B교수가 곁에 와 이 광경을 지켜보고 있었다. B교수는 나에게 한국말로 설명했다. 그 여성은 중국어 번역자로서 이곳에 산 지가 50년이 넘을 거라고 했다. 젊은 날, 한 서양 남자와 사랑에 빠져 중국을 떠나 그 남자의 나라에 온 여자라는 것이다. 사랑의 끝 장면이 언제나 그렇듯이 이내 그 남자는 떠나고 그녀는 영원히 다시 고향에 돌아가지 못하고 떠돌이로 살아가고 있다고 했다.

“조심해요. 잘못 사랑에 빠지면 저 여자처럼 된답니다.”

B교수가 연신 담배 연기를 내뿜으며 농담처럼 경고를 했지만 나는 그녀가 슬퍼서 아름다워 보였다. 그녀에게는 끝까지 가 본 사람만이 가질 수 있는 깊은 폐허가 있었다. 비겁한 겁쟁이, 계산에 약

아빠진 이기주의자들이 소유한 무사와 안일을 행복이라고 말하는 것은 아닐 것이다.

영원히 돌아갈 수 없는 그녀의 고향, 중국 만주 신경은 한국의 유민이 많았던 곳이 아닌가. 박정희가 나왔다는 만주 신경 군관학교. 황석영의 고향 만주 신경. 나는 꽤히 내가 아는 기억들을 이것저것 떠올려보았다. 그때, 그곳을 떠돌던 어느 한국 가족이 어린 중국 소녀에게 가르쳐준 노래 〈도라지 타령〉.

60여 년이 흐른 후 발칸 반도 테토보 산정에서 한국에서 온 여성 시인과 입을 모아 함께 부르는 것도 카르마인가.

*

나는 툭하면 짐을 싸고 어디론가 떠나기를 좋아한다. 나는 집시요, 유목민을 꿈꾼다. 나는 무엇보다 떠돌이를 사랑한다. 장소와 공간으로의 떠돌이만을 의미하는 것은 아니다.

시인으로서 내가 마셔야 할 유일한 음식은 고독이요, 유일한 공기는 자유라고 말한다. 여행을 떠나면 고독의 음식과 자유의 공기가 풍성해진다. 그때 나는 고통스럽고 나는 행복하다. 그 사잇길로 뮤즈가 찾아올 때가 많다.

하지만 길은 떠도는 자에게만 펼쳐지는 것은 아니다. 그저 앉아 있는 것도 훌륭한 길이 된다고 한다. 지관타좌只管打坐! 일본 조동종의 선사 도겐은 선수행의 중요한 길잡이로 '오직 앉아 있음'을 말

너 처음 만났을 때

사랑한다

이 말은 너무 작았다

같이 살자

이 말은 너무 흔했다

그래서 너를 두곤

목숨을 내걸었다

목숨의 처음과 끝

천국에서 지옥까지 가고 싶었다

맨발로 너와 함께 타오르고 싶었다

죽고 싶었다

문정희,
「목숨의 노래」

했다. 오직 앉아 있음. 그때 어깨에 둘러쓴 강보는 좋은 선수행의 도구가 된다. 나는 「머플러」라는 시를 쓸 때 이 지관타좌의 강보를 머릿속에 먼저 떠올렸다. 하지만 나의 시어는 젊고 구체적인 활력을 더 많이 차용했었다.

조르조 모란디Giorgio Morandi라는 화가도 떠오른다. 이탈리아 볼로냐의 화가로 20세기 회화에 아주 중요한 작업을 한 화가이다. 그는 일생에 단 한 번 이탈리아 밖을 여행했을 뿐 온 생애를 그의 고향 볼로냐의 삭은 아틀리에 안에서 살다가 갔다. 1910년대 불었던 소위 미래파 운동에 잠시 참가한 적도 있지만 그의 작업은 어떤 미술 양식에도 무관하며 집중적이고 본질적인 명상으로 일관했다.

고풍스러운 볼로냐의 거리, 중세의 보물이 사방에서 숨 쉬는 긴 회랑을 걸으며, 나는 아케이드 지붕을 따라 산책을 하며 사방을 휘둘러보았다. 지금 이 순간에도 이 도시 어느 작은 창문 안에 파바로티가 그토록 열광한 또 하나의 모란디가 침침한 눈을 비비며 그림에 몰두하고 있으리라 생각했다.

문득 가방을 쥔 손에 기운이 쑥 빠졌다. 이 외롭고 불안정한 노마드적 바람기를 접어버리고 바퀴 달린 가방을 시끄럽게 밀고 곧바로 공항으로 가고 싶었다. 내 고향 한국으로 얼른 돌아가 강원도 산골이나 전라도의 어느 해안선 부근 계곡에 홀로 파묻히고 싶었다.

그러나 나는 다시 고개를 저었다. 한국의 속도, 한국의 소음……. 입만 열면 "파이팅! 파이팅!" 스스로의 등을 두드리는 과잉 에너지

내가 그녀의 어깨를 감싸고 길에 나서면

사람들은 멋있다고 말하지만

나는 그녀의 상처를 덮는 날개입니다

쓰라린 불구를 가리는 붕대입니다

물푸레나무처럼 늘 당당한 그녀에게도

간혹 아랍 여자의 차도르 같은

보호 벽이 필요했던 것은 아닐까요

처음엔 보호이지만

결국엔 감옥

어쩌면 어서 벗어던져도 좋을

허울인지도 모릅니다

아닙니다 바람 부는 날이 아니라도

내가 그녀의 어깨를 감싸고 길에 나서면

사람들은 멋있다고 말하지만

미친 황소 앞에 펄럭이는

투우사의 망토처럼

나는 세상을 향해 싸움을 거는

그녀의 깃발입니다

기억처럼 내려앉은 따스한 노을

잊지 못할 어떤 체온입니다

문정희,
「머플러」

와 피 튀기는 경쟁들…….

그래, 어디로 가라는 말인가. 과정이야 어찌 되었든 무조건 남을 제치고 나가서 도달해야 하는 곳이 결국 어디란 말인가. 지나친 경쟁과 에너지 과잉의 사회는 짐짓 활력이 넘쳐 보이기도 하지만 내면을 들여다보면 황폐하고 엉성한 과도사회의 천박성이 도처에 깔려 있음을 알아야 한다.

사람들은 지쳐 있다. 극심한 불안을 감추고 우울증을 호소한다. 경쟁사회가 낳은 필연적인 산물들. '루저'라는 용어가 인터넷을 달군 것도 이러한 사회현상과 무관한 것이 아니다. 오늘날 한국인은 누구나 자기 안에 실패와 낙오의 상처를 가지고 있다. 나는 머플러를 뒤집어쓴다. 올여름에도 '지관타좌'에 몰두하는 수행자의 강보를 벗지 않는다.

나는 다시 길을 떠난다. 나를 힘껏 팽개치러 간다. 떠돌이나 '오직 앉아 있음'이나 같다. '길 위에서'의 길 찾기이다. 눈앞에 앉은 마르케스를 보지 못하고 지팡이만 보게 될 것이다.

그래도 아니, 그래서 나는 떠나고 또 떠날 것이다.

잘 있거라,
나는 슬픔을 보았다

        초라한 나의 서가 한쪽에 먼 곳에서 온 솔방울 한 개가 놓여 있다. 모스크바 근교 페레델키노에서 가져온 솔방울이다. 나는 가끔 이 솔방울을 귀에다 대보곤 한다. 눈 덮인 러시아의 바람 소리가 금방이라도 차갑게 들릴 것만 같기 때문이다. 이 솔방울은 시인 보리스 파스테르나크의 집에서 가져온 솔방울인데 미세하나마 아직도 솔향기를 품고 있다.

        우리에게 『닥터 지바고』로 잘 알려진 파스테르나크! 내가 페레델키노 예술가 촌에 있는 그의 집을 찾은 것은 소비에트 연방이 붕괴된 직후였다. 마침 겨울이어서 영화 〈닥터 지바고〉의 한 장면처럼 페레델키노는 두터운 솜이불 같은 눈 속에 몸을 숨기고 있었다. 러시아의 추위는 혹독했다. 그래서인지 도처에 남은 이념의 흔적과 예술혼 또한 강철처럼 차갑게 빛나는 것 같았다.

"사이베리아…… 사이베리아……."

나는 떨면서 시베리아siberia라는 말을 시구처럼 발음해보았다. 아니, 러시아 말로는 시비르sibir라고 발음한다고 했다. 그리고 지바고zhivago는 생명을 뜻한다고 누군가 귀띔했다.

나의 입김은 밖으로 나오자마자 그대로 우랄 산맥의 찬바람이 되었다. 영화에서 들었던 애절한 러시아의 전통 악기 발랄라이카의 음색으로 〈라라의 테마〉가 끝없이 귀에 들려오는 듯했다.

지바고와 라라의 사랑은 눈 덮인 벌판처럼 넓고 운명적이고 절망적이어서 아름다웠다. 내가 젊은 날부터 매료되었던 러시아 문학의 이미지는 그렇게 나의 여행 속에서 또 하나의 경험과 깊이로 체화되었다. 이 매서운 기후 속에 눈펄처럼 예술이 피어났고 혹독한 이데올로기의 실험이 진행되었던 것인가. 푸시킨, 톨스토이, 도스토옙스키, 막심 고리키, 숄로호프, 예세닌, 그리고 마야콥스키, 조지프 브로드스키…… 주섬주섬 떠오르는 이름들이 뭉클했다.

페레델키노의 키 큰 전나무, 소나무 숲 한가운데 놓여 있는 파스테르나크의 집은 마침 저녁 햇살을 받아 그림자가 더욱 깊고 쓸쓸했다. 라라와 사랑에 빠진 지바고가 말을 달려 집으로 돌아왔을 때 만삭의 몸으로 추수를 하다가 어색하게 웃던 토냐의 기미 낀 얼굴이 햇살 속에 서 있는 것 같았다. 나는 소설 속의 지바고와 작가인 파스테르나크를 겹쳐 떠올렸다. 의사이자 시인인 지바고는 혁명과 전화 속 지식인의 상징으로 사실 파스테르나크 자신을 묘사한 것이기 때문이다.

그의 유일한 장편인 이 소설은 스탈린이 죽은 후 쓴 것이지만 소련에서 출판되지 않아 이탈리아에서 출판한 작품이라고 한다. 그는 이 작품으로 1958년 노벨 문학상을 받게 되지만 정치적인 제명과 국외 추방을 면하기 위해서 거절한다. "반동 부르주아 문학상이 사회주의 혁명을 조롱한 작가에게 주어졌다."고 당시 공산당 기관지《프라우다》는 보도했다. 그는 "러시아를 떠나는 것은 죽음과 같다."라며 조국에 남게 해달라고 애걸했다. 그리고 바로 이 집에서 1년 반 후 쓸쓸히 죽었다.

뒤뜰 쪽으로 난 부엌문을 열고 들어가면 금방이라도 파스테르나크가 아니, 유리 지바고가 나와서 나를 반기며 모래를 달구어 러시안 룰렛 커피를 끓여줄 것만 같았다. 그리고 그의 아내 토냐가 먼 곳에서 온 나를 수줍게 바라볼 것 같았다. 파스테르나크가 죽기 얼마 전 어느 해 1월, 바로 이 집에서《파리 리뷰》기자 올가 칼라일과 대담을 할 때 이 집에 대해 올가가 묘사한 부분을 떠올려보았다.

"그의 집은 하루 전에 방문했던 레오 톨스토이의 집과 비슷한 데 놀랐다. 집의 분위기는 19세기 러시아 지성인의 가정이 지닌 특징이라고 여겨지는 따스함과 검소함이 풍겼다. 가구는 편안했지만 낡고 꾸밈이 없었다. 방들은 비공식적인 손님 접대와 아이들의 놀이와 근면한 생활을 위해 이상적으로 보였다."

"역사에 대한 고발성이 너무 강렬했던 까닭에 러시아에서는 출

판이 금지되어 해외로 몰래 반출되어 이탈리아어, 독일어, 프랑스어, 영어로 발표가 되었으며 1958년 파스테르나크에게 노벨 문학상을 안겨준 결정적 계기가 된 『닥터 지바고』는 가히 한 시대를 정리하려는 위대한 시인이 맺은 결실이라고 할 수 있다."

나는 그때 뒤뜰 눈 위에 떨어져 있는 싱싱한 이 솔방울을 발견했었다. 반사적으로 솔방울을 주워 조심스럽게 여행 가방 안에 넣었다. 어디선가 영화에서 들려오는 것과 비슷한 늑대들의 울음소리가 들려오는 것 같았다. 역사의 모순과 비극을 상징하는 늑대의 울음은 광풍처럼 날카롭고 처절했다.

운명의 연인 라라 역할은 금발이 아름다운 줄리 크리스티였다. 그리고 아내인 토냐는 우리가 채플린의 딸로 더 많이 기억하는 제랄딘 채플린이었다. 앞서도 잠깐 말했듯이 라라와 사랑에 빠진 지바고가 집으로 돌아왔을 때 토냐는 기미 낀 얼굴에 만삭이었는데 그는 이 아내를 보자마자 그대로 다시 말 머리를 돌려 라라에게 달려간다. 지바고는 견딜 수 없는 죄의식으로 라라에게 단호하게 절연을 선언한다.

지바고의 절망과 사랑! 그때 젊기만 했던 나는 그 장면에서 그만 덜컥하니 깊은 생의 한 자락을 목격하고 말았었다. 보잘것없지만 주춧돌 같은 만삭의 아내 토냐의 얼굴에 핀 기미! 이것이야말로 천년의 고목에서 피어나는 꽃보다 더 준엄한 힘과 권리로 인간의 역사를 이어오고 있는지도 모른다.

"아무렇지도 않고 예쁠 것도 없는 / 사철 발 벗은 아내가 / 따가운 햇살을 등에 지고 이삭 줍던 곳……"

한국의 시인 정지용의 시 「향수」는 그것을 "전설 바다에 밤물결 같다"며 "차마 꿈엔들 잊힐리야"라고 했었다.

나는 그 여행에서 돌아와 「새벽 공항에서」라는 시를 썼다. 러시아의 사랑은 어디를 눌러 보아도 깊고 슬프고 광활한 대지였다. 스웨덴 한림원은 파스테르나크가 죽고 난 후인 1989년에야 그의 아들에게 노벨 문학상을 전했다고 한다.

페레델키노에는 파스테르나크의 집 외에도 또 다른 빼어난 예술가들의 집이 있었다. 부근 왼쪽 뒤쪽에 전설적인 영화감독 타르콥스키의 집이 있었다. 그의 작품 〈안드레이 루블료프〉와 〈노스탤지아〉와 잉마르 베리만의 〈제7의 봉인〉을 보고 충격에 사로잡혀 쓴 시가 아래의 「술래잡기」이다.

바람 스쳤다
키 큰 노인이 검은 옷을 입고
거기 웃고 있었다.
"누구시죠?"
"하하 나는 죽음입니다"
"안녕하세요?"
"우리 장기나 한판 두실까요?"
죽음과 장기를 두었다.

아르바트 거리에서 멀지 않은 곳, 림스키 코르사코프가 단골로 다녔다는 천장이 높고 실내가 추운 식당에서 딱딱한 빵으로 겨우 허기를 때우고 나는 상트페테르부르크행 밤기차를 탔다. 밤새워 백동전처럼 흰 달이 감시하듯이 나를 따라왔다. 눈 쌓인 벌판에서 자작나무들이 온몸을 흔들었다.

상트페테르부르크는 눈이 시릴 만큼 아름다운 고도였다. 그때만 해도 사람들은 이 도시를 레닌그라드라고 부르기를 더 좋아했다. 신비하고 장엄한 네바 강이 도시 한가운데를 흐르는 상트페테르부르크에서 나는 치명적일 만큼 아름다운 또 하나의 연인들의 흔적을 생생하게 만났다.

천재 시인 예세닌과 미국이 낳은 세기적인 무희 이사도라 덩컨이 그들이었다. 그들이 신혼여행을 왔었다는 상트페테르 교회 앞, 고풍한 앙글르테르 호텔 앞에서 나는 한동안 생의 허무감에 말을 잃었다. 호텔은 한 시절의 위용을 그대로 보여주듯 눈 속에 묵묵히 서 있었다.

마흔넷의 미국 출신 무희와 스물일곱의 러시아의 천재 시인 예세닌의 사랑은 마치 두 행성의 충돌처럼 뜨겁고 과격했다. 그야말로 국경과 나이를 초월한 두 예술가의 만남이었다.

절뚝이며 따라온 달 속에서

밤새 늑대가 울어요

백야처럼 눈부신 무희의 맨발이

하늘도 뚫을 만큼 빛나는 시인의 이름을 불러요

신의 손으로도 만류할 수 없던

미친 사랑의 끝은

왜 고작 결혼이어야 했을까요

번쩍이다 사라지는 오로라일 뿐이었을까요

이 세상에서 죽는다는 것은 새삼스러운 일이 아니지

하지만 산다는 것 역시 더 새삼스러울 것 없는 일이지

팔목을 가르고 피로 쓴 천재의 절명 시가

차가운 무명 시트처럼 깔려 있는 겨울 호텔

아무것도 없네요

어두운 불빛 속 쩔뚝이며 따라온 달 속에서

늑대들이 시베리아처럼 울부짖을 뿐……

문정희,
「겨울 호텔─상트페테르부르크에서」

나중에 사랑에 실패한 예세닌이 알코올 중독과 자학으로 뒹굴다가 자살을 한 곳도 바로 이 호텔이라고 한다. 미소년처럼 아름다운 금발의 시인은 술에 취해 시를 쓰다가 잉크가 떨어지자 그의 팔을 칼로 그어 흐르는 피를 찍어 마지막 시를 썼다고도 한다. 예세닌과의 사랑을 위해 덩컨은 무대 의상마저 팔아가면서 그와의 유럽 여행을 단행했었다. 도피 여행에 가까운 유럽 순회공연은 낭비와 호화로 이어졌지만 기실은 고달픈 역경의 연속이요, 강행군이었다.

　러시아에서는 시인으로서 사랑과 주목을 한 몸에 받았던 천재 예세닌이 세계적인 유명세를 가진 이사도라 덩컨에 비하면 무명에 불과했으므로 극심한 우울과 강박증에 시달렸다는 것도 이해가 되는 부분이다. 둘 사이에 흐르는 광포한 사랑과 애증이 얼마나 격렬했을까 하는 것은 상상하고도 남는다. 그런 가운데 고향에 버리고 온 아내와 아이들이 그의 내면에 죄의식처럼 깔려 있었던 것은 또한 어쩔 수 없는 일이 아니었을까.

　덩컨의 어떤 회고록에서 이런 대목을 읽은 기억이 있다.
　두 사람의 황홀한 사랑과 신혼여행을 위해 그녀가 과도하게 호화로운 낭비를 감행하다가 드디어 파산 직전에 이르게 되었을 때였다. 덩컨은 마지막 자존심마저 팽개쳐가며 값싼 무대도 사양치 않았고 심지어 무대 의상까지 저당 잡히는 지경에 이르렀다.
　그러던 중 어느 날, 우연히 예세닌의 양복 주머니에서 묵직한 봉투 하나가 마룻바닥으로 떨어지는 것을 보게 된다. 봉투 안에는 예세닌이 고향에 던져버린 아내와 아이들에게 보내기 위해 덩컨 몰래 깊이 숨겨두었던 돈이 들어 있었다.

1925년 깊은 겨울, 3년여의 사랑을 마감하고 예세닌은 상트페테르부르크로 돌아와 자살한다. 정신병원에서 퇴원한 후 술독에 빠져 살다가 사랑하던 이사도라 덩컨과 첫날밤을 보냈던 바로 그 호텔 앙글르테르에서였다.

그리고 그로부터 정확하게 2년 후 깊은 겨울, 프랑스 니스에서 지붕 없는 스포츠카를 타고 가던 이사도라 덩컨 또한 그녀의 화려하고 비극적인 신화를 마감하고 만다. 그녀가 두른 붉은 스카프가 목에 감겨 마치 한 편의 영화 장면처럼 숨지고 마는 것이다.

"안녕, 영광을 찾아 떠나요."

새로 찾아온 사랑에게 이런 말을 하며 그녀는 스카프 한 끝이 자동차의 뒷바퀴에 걸린 줄도 모르고 차를 출발시켰다가 그만 스스로 목을 꺾고 마는 것이다.

손을 잡아당기면서 미소를 일그러뜨리지 마라.
나는 다른 여자를 사랑하고 있다, 다만 네가 아닐 뿐이다.
너도 알고 있지 않느냐, 잘 알고 있을 것이다.
내가 보고 있는 것은 네가 아니다. 너를 찾아 온 것도 아니다.

나는 지나쳐 온 것이다. 가슴이 설레지는 않는다.
그저 창문을 들여다보고 싶었을 뿐이다.

위의 시는 예세닌이 죽은 해인 1925년에 쓴 작품이다. 바로 피를 찍어 쓴 시인 것 같다. 손을 잡아당기면서 미소를 일그러뜨리는 사람은 그가 고향에 두고 온 아내였을까. 이 대목에서 어쩐지 〈닥터 지바고〉의 아내 토냐의 기미 낀 얼굴이 다시 떠오른다. 러시아 농민을 대지처럼 끌어안았다는 천재 시인 예세닌과 이사도라 덩컨의 사랑 또한 이렇게 짧고 격렬하게 그 유효기간을 다하게 된다.

나는 지금 파스테르나크의 집과 사랑, 예세닌과 이사도라 덩컨의 국경을 넘나들던 예술과 사랑과 유랑을 얘기하고 있다. 모스크바의 페레델키노에서 상트페테르부르크로 이어지는 두 예술가들이다. 하지만 무엇보다 상트페테르부르크는 내가 사랑하는 시인 조지프 브로드스키가 나고 자란 도시이다.

"시를 쓰는 것도 직업인가?"

"그렇습니다. 영구한 직업입니다."

"누가 당신을 시인이라 하던가. 누가 당신을 시인의 대열에 끼워주었는가?"

"아무도 없습니다. 그러면 누가 저를 인간의 대열에 끼워주었나요."

"시인이 되기 위해 학교에서 몇 개의 과목이나 택했냐 말이오?"

"나는 시인이 되기 위해 교육이 필요하다고 생각지 않습니다."

"어떻게 그럴 수 있는가?"

"하나님이 나를 시인으로 만들었다고 확신하고 있습니다."

눈송이처럼 너에게 가고 싶다

머뭇거리지 말고

서성대지 말고

숨기지 말고

그냥 네 하얀 생애 속에 뛰어 들어

따스한 겨울이 되고 싶다

천년 백설이 되고 싶다

문정희,
「겨울사랑」

조지프 브로드스키는 미국으로 추방되기 전인 1963년 반소련 작가로 체포되어 재판을 받았을 때 재판관과 이런 말을 주고받았다. 그는 건전한 직업 없이 기생충 같은 삶을 살며 퇴폐적인 시로써 젊은이들을 타락시켰다는 죄목으로 체포되어 재판을 받게 된다.

그리고 1972년 강제수용소에 유배되었다가 결국 반소 작가로 추방되어 미국에 정착한다. 처음에는 미시간의 앤아버에서 지내다가 뉴욕의 브루클린으로 거처를 옮기고 컬럼비아 대학에서 강의도 한다.

그는 독특한 정치 이념의 소유자가 아니었다. 정치 체제를 비판하기에는 그의 정신세계가 너무도 넓고 깊었다고 한다. 그는 서정 시인이었다.

"작가는 외로운 여행자이다. 아무도 그를 도울 수 없다."
"내 삶은 질질 끌려 왔다."
그는 《뉴요커》와 《뉴욕 타임스》 매거진에 이렇게 말해왔다. 드디어 그는 소련 출신 미국 시인으로 1987년 노벨 문학상을 받는다. 하지만 조국 러시아를 떠난 시인은 마치 목청을 잃어버린 한 마리 종달새처럼 미국에서는 그다지 걸작을 쓰지 못했다고 전한다. 다만 뉴욕의 유명인이 되어 살며 가끔 연애하는 시인으로 알려져 있었다고 한다. 가끔 연애하는 시인? 시인은 모국어를 떠나서도 살 수 없고, 사랑과 자유를 떠나서도 살 수 없는 영원한 유랑의 존재임에 틀림없다.

인생이란 스코어가 나지 않는 운동경기라고 나는 말했지.

그대가 철갑상어 알을 갖고 있다면 누가 생선을 원하겠는가?

하늘을 찌를 듯 의기양양하던 고딕 스타일도 지나가 버렸고

이제 그대도 변해 버렸네.

석탄이나 나무는 더 이상 필요치 않으니까.

나는 창가에 앉아 있었네. 밖에는 포플러가 한 그루 서 있었지.

내가 사랑에 깊이 빠졌을 땐, 그런 일이 거의 없었는데

　　내가 애송하는 조지프 브로드스키의 「나는 창가에 앉아 있었네」
라는 시 중 일부이다. 그가 타계한 것은 1996년이었다. 영원히 조
국에 돌아가지 못한 이방인으로 뉴욕 브루클린에서였다.

　　예술가의 공간에는 늘 그림자처럼 고통과 상처와 사랑이 있다.
그 뒷배경에 주춧돌 같은 조국과 아내가 있다. 피카소처럼 자유로
이 파리와 스페인과 다른 유럽 도시를 오가며 연애를 하고 연인이
바뀔 때마다 화풍의 변혁을 꾀하며 분출되는 에너지를 승화시킨
경우도 있지만 대부분은 정치의 소용돌이에서 상처 입고 뜨거운
열정과 탐닉과 죄의식 사이에서 고통스러운 작업을 하곤 한다. 어
떤 작가는 조국에 살기 위해 두려움에 떨며 애걸을 하고, 어떤 작가
는 연애에 빠져 자유로이 탐미와 파멸을 향해 떠돌기도 한다.

　　파스테르나크의 슬픈 사랑과 이념과 추방의 문제, 이사도라 덩
컨과 예세닌의 짧고 격렬했던 국경을 초월한 사랑과 비극, 그리고

조지프 브로드스키의 경우처럼 모국어에서 추방된 후 타국이라는 공간에서 보낸 자유와 고독의 시간을 곰곰 다시 떠올려본다.

나는 다시 나의 서가에 놓인 솔방울을 귀에 대본다. 젊은 날, 디아스포라diaspora처럼 뉴욕을 떠돌던 시절이 생각난다. 내 영혼의 지문 위에 큰 고딕체로 찍힌 슬프고 아름다운 시간이 솔바람 소리로 되살아난다.

나는 지금도 뉴욕을 사랑하고 미워한다. 한국을 떠나 처음 떠돌이처럼 뉴욕에 당도했을 때 내가 가장 당혹한 것은 무엇보다 너무 많은 자유가 나를 부자유하게 만든다는 사실이었다.

대학 시절부터 최루탄 속에서 목 아프게 외쳤던 '자유'가 정치적인 구호가 아니라 길가에 아무렇게나 굴러다니는 도시가 뉴욕이었다. 당혹스럽기 짝이 없었다. 자유란 이데올로기가 아니라 인간이 그냥 숨 쉬는 공기이며, 본래적인 호흡에 가까운 것이라는 것을 깊이 눈뜨게 해준 곳이 뉴욕이었다.

그리고 나는 뉴욕에서 고독을 배웠다. 어쩌면 자유와 고독은 동의어였다. 결국 시인으로서 내 정신의 공간을 무한대로 열어버린 도시가 뉴욕이었다. 시인은 영원히 이상과 자유를 노래하는 존재가 아닌가.

군사정권 시절 대학에 다니며 정치적 제도로서의 자유에 크게 눈떴다면, 한 사람의 인간으로서의 진정한 권리와 자유에 눈뜬 것이 결혼이었다. 이 사회 피지배자로서의 존재에 대한 자각과 여성으로서의 삶은 그대로 나의 문학의 좋은 질료가 되었다. 더욱 큰 날 개로 비상하게 만든 힘의 원천이 되었다.

　2012년 중국 작가 모옌의 노벨 문학상 수상을 놓고 정치적인 공 방이 오고 갔었다. 그동안 가르시아 마르케스, 귄터 그라스, 헤르타 뮐러 등 많은 작가들이 불의한 힘과 독재 정권에 대한 고발과 저항 으로 공방을 했었다.

　작가의 펜은 시퍼런 정신과 함께 어느 시대이든 어디서든 이렇 게 살아 있어야 하리라. 1980년대 초, 디아스포라처럼 떠돌던 나의 미숙한 젊음은 하나의 나이테가 되어 나의 문학 속에 박혀 있을 것 이라고 믿는다. 그때나 지금이나 나의 영원한 연인은 자유, 나의 재 산은 고독과 상처, 나의 기둥서방은 시이다.

우리가 서로 사랑해야 하는 이유는

세상의 강물을 나눠 마시고

세상의 채소를 나누어 먹고

똑같은 해와 달 아래

똑같은 주름을 만들고 산다는 것이라네

우리가 서로 사랑해야 하는

또 하나의 이유는

세상의 강가에서 똑같이

시간의 돌멩이를 던지며 운다는 것이라네

바람에 나뒹굴다가

서로 누군지도 모르는

나뭇잎이나 쇠똥구리 같은 것으로

똑같이 흩어지는 것이라네

문정희,
「사랑해야 하는 이유」

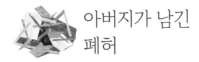

아버지가 남긴
폐허

고통은 깊이를 헤아릴 수 없는 것이어야 하고,
만남은 전율을 동반하는 것이어야 하고,
사랑은 치유 불가능한 것이어야 한다.

아버지의 유산으로 이런 말을 물려받은 사람이 있다. 프랑스의
작가 알렉상드르 자르댕이 쓴 『쥐비알』이라는 소설의 주인공이다.
거품처럼 엉성하게 흘러가는 삶, 흙탕물 같은 말의 홍수 속에 지치
고 지쳤을 때 진정성을 가지고 온몸으로 살고 싶은 날, 슬며시 펴
보는 책이다. 넘치는 유머와 함께 이런 언어를 유산으로 남긴 아버
지를 갖는 것은 진정 부러운 일이다.

나의 아버지는 내가 열다섯 살에 나의 곁을 떠났다. 어린 나에게

지울 수 없는 큰 상처를 주고 떠나간 것이다. 문학적으로 감히 트라우마trauma라고 표현되어도 좋을 아버지와의 이별은 아직도 마르지 않는 슬픔의 혈맥이 되어 시도 때도 없이 나를 흔들곤 한다. 시골 토호의 아들로 태어나 경제적으로 비교적 거침이 없는 삶을 살았던 아버지는 술을 한번 마시기 시작하면 거의 자멸에 이를 때까지 마셨던 분이었다. 그럼에도 불구하고 누구보다 세련된 안목과 실천력을 지니고 있었고, 교육을 위해서는 놀라울 만큼 대담한 투자를 아끼지 않았다. 그 덕에 오빠들은 물론, 나 또한 열한 살 때부터 도회로 유학을 떠나올 수 있었다.

사냥을 취미로 가진 아버지가 총을 메고 당꼬바지 차림으로 찍은 일본 풍경 속의 사진에서도 그의 스케일과 미의식을 충분히 상상할 수 있다. 그렇게 강렬한 유산을 남겼지만 그래도 아버지에게서 받은 유산 가운데 나는 무엇보다 슬픔과 광기와 폐허를 먼저 떠올린다. 그리고 이것이야말로 내 문학의 귀중한 자산이라고 늘 생각하고 있다.

결국 나는 바리데기처럼 아버지에 의해 큰 바다에 던져진 딸이었다. 아버지가 남긴 이 위험한 유산을 안고 홀로 질주하며 스스로를 키워내지 않으면 안 되었다.

미당은 유명한 그의 시 「자화상」에서 "나를 키운 것은 팔 할이 바람"이라고 했지만 나는 "나를 키운 것은 팔 할이 눈물"이라 생각했다. 하지만 최근에 나를 키운 것은 눈물이 아니라 흙탕물이 아닐까 하는 생각을 문득 해본 적도 있다. 눈물이든 흙탕물이든 오직 홀로 사자처럼 앞으로 돌진해야만 했다. 그랬다. 나를 키운 것은 팔 할이 흙탕물이어야 했다. 그러므로 곧 연꽃이 필 것이라 말하지 않을 이유가 어디 있겠는가.

사실 폐허와 광기와 슬픔의 유산을 받은 자식은 나만이 아닐 것이다. 역사 속이든 현실이든 나와 같은 혈족들이 여기저기에서 저마다 고통과 혼신을 다해 반짝이며 살아가고 있음을 보게 된다.

몇 년 전에 한 스페인어권의 기자와 인터뷰를 할 때의 일이다. 멕시코 과달라하라에서 열린 중남미 도서전에 한국 작가로 참가하여 시 낭송을 한 직후였다. 그날은 마침 한국뿐 아니라 다른 나라에서 온 중요 작가들의 낭송이 동시에 여러 부스에서 열리고 있었다. 말하자면 한국의 문학이 특별히 스페인어권 청중이나 미디어의 주목을 받기가 힘든 날이었다.

나는 평소에 입지 않던 한복까지 차려입고 프랑스 디자이너가 만든 머플러를 휘두르고 나가 시 낭송을 했다. 다행히 시 낭송은 성황리에 끝이 났고, 몇몇 매체들의 인터뷰 요청도 받게 되었다.

"당신을 이렇게 시인으로 만들고 키운 것은 무엇이죠?"

첫 질문이었다. 나는 주저 없이 저고리의 소매를 걷었다. 그리고 웃으면서 팔목을 내밀었다.

"내 팔목의 피를 뽑아보세요. 나는 한국에서 나고 자랐지만 나의 핏속에는 가브리엘라 미스트랄의 피와 프리다 칼로의 피가 나올 것입니다."

기자들이 움찔했다. 나를 동아시아의 여성 시인, 한복 차림을 한

비밀이지만 아버지가 남긴

폐허 수만 평

아직 잘 지키고 있다

나무 한 그루 없는 척박한 그 땅에

태풍 불고 토사가 생겨

때때로 남모르는 세금을 물었을 뿐

광기와 슬픔의 매장량은 여전히 풍부하다

열다섯 살의 입술로 마지막 불러 본

아버지! 어느 토지대장에도 번지가 없는

폐허 수만 평을 유산으로 남기고

빈 술병들 가득 야적해 두고

홀연 사라졌다

열대와 빙하가 교차하는 계절풍 속에

할 수 없이 시인이 된 딸이

평생을 쓰고도 남을

외로움과 슬픔의 양식

이렇듯 풍부하게 물려주고

그는 지금 어디에서

홀로 술잔을 들고 있을까

문정희,
「유산 상속」

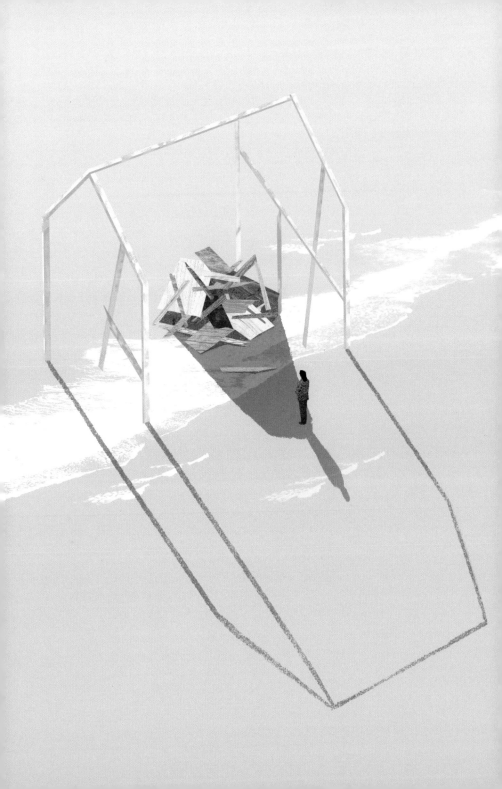

토속 시인 이미지로 국한하여 보는 것을 경계하기 위한 답변인 동시에 스페인어권의 여성 예술가들을 거명함으로써 좀 더 친근감을 주기 위한 것이었지만, 이상하게도 그 순간 목이 메었다. 고통과 슬픔의 피를 공유한 혈족의식, 예술가로서의 자매애sisterhood에 관한 것은 이미 여러 시인이나 학자들이 언급했던 대목이었다.

가브리엘라 미스트랄은 칠레의 여성으로 남미 최초로 노벨 문학상을 받은 시인이다. 그리고 프리다 칼로는 멕시코가 낳은 여성 화가이다. 그녀들은 둘 다 고난과 고통에서 피어난 예술가들이다.

가브리엘라 미스트랄은 시인 파블로 네루다가 어린 시절 시에 눈을 뜨게 한 스승이기도 해서 더욱 유명한데, 칠레의 5,000페소 시폐에는 그녀의 얼굴이 새겨져 있다. 소설가 빅경리 선생이 언젠가 칠레 정부로부터 받은 문학 기념 메달 이름이 '가브리엘라 미스트랄'이었던 것도 기억난다.

프리다 칼로는 이제 그녀의 조국 멕시코에서뿐만 아니라 전 세계적으로 가장 유명하고 가장 사랑받는 화가 가운데 한 사람이다. "그녀의 그림은 폭탄 위에 매단 리본 같다."고 한 것은 앙드레 브르통이었다. 한창 고조된 페미니즘과 상업주의가 잘 조화된 그녀에 대한 인기는 상처와 고통으로 얼룩진 생애가 영화로까지 만들어져 더욱 많은 시선을 모았다. 피카소에 비견될 만큼 성공한 벽화의 거장인 남편 디에고 리베라를 넘어서는 사후의 이런 명성을, 살았을 적 그녀는 상상이나 했을까.

나는 그녀가 살던 집을 찾아가는 동안 그녀의 침대에 묻은 붉은 피와, 가슴에 박힌 철심과, 이마에 그려진 남편의 얼굴을 내내 떠올려보았다.

멕시코시티에서 조금 떨어진 미겔 데 마드리드 주택가에 그녀의 집이 있었다. 식민지 시대 건축양식인 적갈색 벽과 열대 꽃들이 뿜어내는 원색 속에 자리 잡은 푸른 집은 아물지 않은 멍처럼 생생하기만 했다. 망명한 트로츠키가 숨어 살다 저격당한 집도 바로 그녀의 집 곁에 있어 더욱 많은 생각을 하게 했다. 연간 수만 명의 관광객이 찾아와서 북적거리는 그녀의 집 마당에 한참을 서 있었다. 한 여자의 예술과 상처를 깊게 숨 쉬어 보았다.

프리다 칼로의 집에서 받은 충격은 어이없게도 결국 아무것도 없다는 것이었다. 이런 찬란한 허무와 덧없음을 어떤 언어로 어떻게 표현해야 하는 것인가.

오늘을 살아라! 지금이 전부이다!

벽에 걸린 해골 인형들이 소리치고 있었다.

카르페 디엠! 아니, 메멘토 모리!

죽음을 생각하라고? 나는 돌아와서 시 선집을 묶으며 제목을 '지금 장미를 따라'라고 했다.

*

아버지의 유산 얘기를 하다가 예술의 혈족들에게로 얘기가 커졌지만 내친김에 슬픈 피를 물려받은 혈족으로서의 한 여성 시인을 빼놓을 수가 없다. 나의 시 「테라스의 여자」에 나오는 북구 노르웨이의 시인 리브 런드버그이다.

그녀를 만난 것은 마케도니아 스투르가의 드림호텔 테라스에서였다. 죽는 순간까지 파라오다운 위엄을 잃지 않았던 클레오파트라는 원래 마케도니아의 딸이었다던가. 나는 파라오의 딸 대신, 그곳에서 외로움이 짙은 안개처럼 피어나는 여성 시인 런드버그를 만났다.

그녀의 손에는 언제나 담배와 술잔이 함께 들려 있었다. 뭉크의 〈절규〉와, 입센의 『인형의 집』과, 그리그의 〈페르귄트〉의 선율이 그녀의 술잔에 담겨 있는 것 같았다.

마침 「테라스의 여자」는 미국 뉴욕의 화이트 파인에서 출판된 내 영역 시집의 제목Woman on the Terrace이 되었다. 출판사가 정한 것이지만 잉마르 베리만 영화의 여주인공 리브 울만을 연상시키는 런드버그와 나와의 인연을 더욱 깊게 만들어놓았다. 현재 트롬스 대학에서 창작 워크숍을 진행하고 있는 그녀와 내가 예술의 혈족으로서의 인연을 이렇게 깊게 새기고 있는 줄을 정작 그녀는 아직 모를 것이다.

그녀가 숲 속으로 빵 부스러기를 들고 야생 고양이들에게 밥을 주려고 간 사이 이스라엘 시인 아미르가 나에게 물었다.

"문정희? 당신 이름 문정희가 무슨 뜻이죠?"

"문은 한국에서는 달moon의 뜻이 아니라 글월 문, 즉 문학의 의미

마지막 화살을 쏘아버린 퀭한 눈을 하고

긴 손톱으로 담배를 피우는 여자

아무렇게나 풀어헤친 머리칼

주름진 입술에 붉은 술을 붓는 여자

쉬운 결혼들, 그보다 더 쉬웠던 이혼들

그러나 모든 게 좋아

가끔 외롭지만 그것도 좋아

그 많은 상처와 그 많은 고백들은

무슨 꽃이라 부르는지 몰라도 좋아

덧없는 포옹, 바람처럼 사라진 심장 소리

말하자면 통속이지만

그 아픔이 모여 인생이 되지

도깨비바늘처럼 달라붙을까 봐

날렵한 농담으로 피해 가는 뒷모습들 바라보며

혼자 어깨를 들썩이며 웃는

테라스의 여자

생전 처음 만났는데

어디선가 많이도 보았던

수많은 저 여자

문정희,
「테라스의 여자」

이죠. 그리고 정희는 곧고 정숙한 여성이 되라는 뜻으로 나의 아버지가 특별히 지어준 이름입니다."

나의 자랑 섞인 해설에 순간 아미르는 분개하여 소리를 질러댔다.

"노, 당신의 아버지는 바람둥이였군요. 그러니 딸에게 곧고 정숙하라는 이름을 붙여준 거죠. 정말 말도 안 돼요. 어떻게 평생 동안 한 남자하고만 연애를 하라는 거죠?"

"위험한 세상에 여성이 곧고 정숙한 것은 중요한 가치가 되지 않을까요?"

나의 반격에 아미르는 더욱더 분개했다.

"아름다움은 언제나 위험함과 함께 있어요. 정숙한 여자는 족쇄에 갇힌 여자예요. 가엾고 불쌍한 여자예요."

나는 그의 거침없는 표현을 비웃으며 일부러 그와 격렬하게 토론했다. 우리들의 즐거운 토론은 '세계 시인들의 축제'가 끝나는 날까지 이어졌다. 마지막 날, 별 하나 없이 캄캄한 오흐리드 호수에서 춤을 추다가 아미르는 호수에 발을 담그고 있는 나에게 손을 내밀었다.

"정희, 당신의 가슴속에서 으르렁거리는 짐승을 제발 풀어주어요. 위험함을 절대로 두려워하지 말아요. 만약 위험하지 않기를 원한다면 서둘러 저 공동묘지로 가야 해요. 영원히 가장 안전하고 가장 평화로운 곳은 바로 저 공동묘지뿐이니까요."

마케도니아를 배경으로 한 유명한 영화 〈비포 더 레인〉을 어느 시인인가가 큰 소리로 외쳤다.

"비오기 전에…… 비오기 전에……."

시인 런드버그, 그리고 수많은 테라스의 여자들! 나의 혈족인 그녀들은 맘껏 풀어준 짐승들에게 물린 상처를 심장에다 수놓고 사는 아름다운 시인들이었다. 그러고 보면 나의 아버지는 나에게 문학의 자산으로서의 폐허와 광기와 슬픔을 준 동시에 정숙과 전통으로 나를 꽁꽁 싸매어 보호하고 싶었던 모순의 아버지였던 것은 아닐까.

*

사실 나는 우리 역사 속에 나오는 여성 가운데 가장 사랑스러운 여성을 낙랑이라고 생각한다. 낙랑은 사랑하는 호동을 위해 적이 쳐들어오면 저절로 우는 아버지 나라의 최신 레이더인 자명고를 주저 없이 칼로 찢어버린 딸이다. 그러므로 낙랑은 역사에 이름이 없다. 다만 낙랑국의 공주였기에 그녀를 낙랑이라 부르는 것이다. 『삼국사기』제14권에 보면 "낙랑의 왕 최리의 딸은 북국 대무신왕의 아들 호동을 사랑하여 북을 찢었고 호동은 낙랑에 쳐들어왔다."라고 기록되어 있다.

나는 낙랑이야말로 위험하고 아름다운 광기의 딸이라고 생각한다. 아니 낙랑의 칼끝이야말로 문학의 포커스가 되어야 한다는 의견에 동의한다.

이어령 선생은 한 강연에서 문학은 낙랑에게 국가를 배신한 죄를 물어서는 안 된다고 했다. 그리고 낙랑에게 아버지를 배신한 불효를 따지는 것도 문학이 할 일이 아니라고 했다. 문학은 그녀에게 불법 무기 소지 여부를 묻거나 반국가 죄를 따지지 않는다는 것이다. 문학의 윤리는 그녀의 사랑과 광기와 절망과 죄의식을 포착할 뿐이다. 문학은 북을 찢는 순간의 그 칼끝의 떨림을 사랑할 뿐이다.

사실 문학 작품에서 원수 집안의 남녀가 서로 사랑에 빠지는 극적 구조를 지니고 있는 것은 그리 낯선 일이 아니다. 호동과 낙랑의 이야기는 셰익스피어의 『로미오와 줄리엣』을 쉽게 떠올리게 한다. 지난겨울 이탈리아 베네토 주정부 청사에서 강연할 때 나는 바로 인근에 있는 도시 베로나에 있는 줄리엣의 집, 창문을 청중에게 상기시키며 우리의 낙랑 공주를 소개한 적이 있다.

"원수 집안의 남자를 사랑하던 줄리엣은 결국 죽지만, 우리의 낙랑은 죽지 않습니다. 낙랑은 칼을 들고 가서 아버지의 최신 레이더 자명고를 찢어버립니다. 낙랑이 북을 찢는 순간의 그 뜨거움과 절망과 떨림, 광기와 죄의식! 문학의 포커스는 여기에 있습니다."

인간은 스스로의 언어로 존재한다. 나는 아버지의 딸을 벗고, 아버지가 지어준 이름도 벗어버린다. 나의 언어로 일어선다. 아버지와 아버지의 언어로 세습되는 북쪽의 언어가 생기 없는 강철 냉동 언어가 되어 심지어 코미디의 소재가 되는 것을 보라.

깊이를 헤아릴 수 없을 만큼 깊은 고통. 전율을 동반하는 만남, 치유 불가능한 치명적인 사랑을 다시 펴 본다. 나는 시를 위해 창조된 동물! 위험하여 더욱 아름다운 시인을 기다린다.

아버지, 저 여기 살아 있어요

그날 제 품에 숨긴 칼로 낙랑의 북을 찢을 때

제가 찢은 것은

적이 오면 저절로 운다는 자명고가 아니었어요

제 운명이었습니다

그리고 이 손으로 아버지 나라를 찢었습니다

지금도 그 순간이 선명합니다

두려움과 죄의식으로 후들거리며

맹목 속에 온몸을 던진

저는 그때 미친 바람이었어요

호동은 달처럼 수려한 사내

하지만 북을 찢고 제가 따른 건 호동이 아니었습니다

제 사랑은 전쟁의 아찔한 절벽에 핀 꽃, 세상에

파멸밖에 보여줄 수 없는 사랑이 있다니요

검은 보자기 홀로 뒤집어쓰고

손에 쥔 칼 높이 들어 북을 찢을 때

하늘의 별들 우르르 떨던

그 캄캄한 절망만이

온전히 제 것이었습니다

문정희,
「딸의 소식」

치명적 사랑을
못한 열등감

시인으로서 문학사와 생애사가 동일한 시인은 아름답다. 하지만 뜻밖에도 그런 시인은 많지 않다. 독재의 서슬이 두려워 모두가 진실을 침묵으로 일관하고 있을 때 자유와 민주를 애타게 부르짖으며 「타는 목마름으로」와 담시 「오적」을 써서 눈부신 언어의 힘을 보여주었던 시인을 우리는 그래서 쉽게 잊지 못한다. 엄혹한 시대, 험악하고 부당한 권력을 향해 정면으로 맞서다가 사형수가 되어 오래 독방에서 뒹굴었던 김지하 시인, 그때 그가 입었던 푸른 수의에 대해 시인들은 영원한 선망과 부채감을 가지고 있다.

얼마 전 충청도에 사는 나태주 시인이 전화를 걸어 왔다. 김지하의 시집 『새벽강』에 나오는 「사랑 얘기」를 읽다가 전화를 걸었다고 했다. 그분은 초등학교 교장을 지낸 분으로 누구보다 풋풋한 동심을 지닌 시인이다.

"제가 읽을 테니 한번 들어보세요. 문정희 시인을 시 귀신이라고 했네요."

그분이 소년처럼 시를 읽는 동안 나는 내내 가슴이 뛰었다. 시 귀신이라니. 나는 시귀詩鬼라는 말이 시선詩仙이라는 말보다 천배는 더 좋았다.

아프고 아름다운 시였다.

이 시에서 주목할 구절은 물론 "모든 사랑은 짝사랑이다"라는 구절과 "나는 그것을 안다기보다 / 그냥 몸으로 아파보았다"이다. 하지만 나는, 아니 나의 허영심은 다른 무엇보다 "시 귀신 / 정희가"라는 구절에 먼저 꽂혔던 것은 말할 것도 없다.

이 시는 제목 그대로 시인 김지하의 사랑 얘기이다. 그러나 여기에 나오는 사랑이 단순히 어떤 이성을 향한 사랑에 국한된 것은 물론 아니다. 이성에 대한 간절한 사랑이 이 시를 쓰게 했지만 이는 곧 시인의 원형적인 호흡이 되어 세상의 사물을 향한 사랑으로 깊게 확산되었던 것도 읽어야 한다.

이 시는 자유 혹은 슬픈 시대를 넘어 이상세계를 향한 진정한 의미의 사랑을 실천했던 김지하의 사랑론인 것이다. 그것을 시인은 입으로가 아니라 그냥 몸으로 아프게 치러낸 것이라고 한 대목이 그래서 중요하다.

시 귀신

정희가

'모든 사랑은 첫사랑이다' 라고

시집 제목을 달았다

금방

내 그물에 와 걸린다

즉각 수정한다

'모든 사랑은 짝사랑이다' 라고

물론

안다

사랑이 얼마나 순결하고 고운 것인지

그것도 아주 모르지는 않는다

그러나

그 사랑이

얼마나 쓰라리고 병신스러운지

나는

그걸 안다기보나

그냥 몸으로 아파보았다

절충의 길은 없었다

첫사랑이 곧 짝사랑이었던 내겐

이런 경우

어찌할 도리가

없는 것이다.

김지하,

「사랑 얘기」

이 시 속에는 순결하고 고운 대상을 향한 첫사랑이면서 짝사랑인 한 시인의 문학과 생애가 고스란히 들어 있는 것 같다.

새라면 좋겠네
물이라면 혹시는 바람이라면

여윈 알몸을 가둔 옷
푸른빛이여 바다라면
바다의 한때나마 꿈일 수나마 있다면

가슴에 꽂히어 아프게 피 흐르다

나는 그의 시 중에 「푸른 옷」 한 부분을 가만히 읊조려보았다. 역시 사랑이 무엇인가를 몸으로 치른 시인 특유의 절절한 힘이 느껴졌다.

김지하 시인은 시대가 바뀌었다고 해서 그의 고난을 어떤 권력이나 권력 주변의 특혜 따위와 쉽게 바꾸어 갖지 않았다. 그는 그랬다는 생각이 들었다. 경찰서에서 뺨 몇 대 얻어맞은 수준의 저항이나, 혹은 자기 분야에서 얻은 그다지 대수롭지도 않은 허명을 고스란히 어떤 특혜나 권력을 쟁취하는 수단으로 이어가는 것이 비일비재한 시대에 그의 병든 노구에 핀 저승꽃이 더욱 숭고해 보이는 것은 무슨 일일까. 나는 그가 생애를 다하는 날까지 많은 사람들로 하여금 오래도록 그의 시를 마음 놓고 예찬할 수 있게 되기를 바란다.

사실 시인으로서 나와 김지하 시인과의 인연은 조금 특별하다고 할 수 있다. 대학 4학년이던 1969년 7월에 나는 문단에 등단했다. 고교 시절 시집을 낸 경력 때문인지 나의 등단은 그 자체로 조금 주목의 대상이 되었다. 그래서인지 등단 후 첫 번째 청탁을 받은 곳이 유명한《사상계》였다. 밤을 새워가며 고치고 또 고친 시 중에「땅」이라는 시를 보냈다. 그 시가 실린 잡지가 1970년《사상계》5월호였는데 바로 김지하의 담시「오적」이 함께 실려 있었다.

「오적」은 당대 권력층의 부정부패를 비판한 시로 재벌, 국회의원, 고급 공무원, 장성, 장차관을 다섯 도적으로 비유하여 판소리 가락으로 노래한 장시이다.

《사상계》는 나오자마자 국내는 물론 이웃나라까지 폭풍을 일으켰고 서점에 제대로 깔아보지도 못한 채 그대로 전부 회수되고 말았다. 김지하 시인은 구속되었고《사상계》는 폐간되었다. 스물세 살의 신예 시인인 나에게《사상계》5월호를 직접 들고 나와 친절하게 건네주던 젊은 편집장도 구속되었다.

지금은 귀한 자료로서 오히려 특별히 소장하는 잡지가 되었지만 나의 첫 발표작이 실린《사상계》5월호는 그렇게 세상에서 사라져 버린 것이다.

그리고 그 후 한참의 시간이 흐른 후에야 나는 김지하 시인을 처음으로 만날 수 있었다. 그의 첫 시집『황토』출판 기념회에서였다. 감옥에서 갓 출소한 청년 김지하. 그의 시집 출판 기념회에는 시인

수보다 정보원의 수가 더 많았다. 김지하 시인은 그날 나에게 커튼 뒤에 단아하게 앉아 있는 어머니를 소개하며 "나의 애인!"이라고 했다. 시인은 검은 두루마기를 입고 있었던 것 같다.

'사나이구나!'

그날 나는 속으로 그를 이렇게 표현했다.

김지하 시인이 감옥을 드나드는 동안 나는 부박한 삶에 덜미 잡힌 채 힘들게 직장을 옮겨 나녔다. 그 와중에도 차꼬처럼 시를 끌고 직장에 나가고 밤을 새워 글을 썼다. 사실 나는 민족과 조국을 말하는 데 서툴다. 하지만 혹독하고 야만한 그 시대 정치 현실은 젊은 시인인 나를 끝없이 갈등하게 했다. 겁이 많은 나는 투옥 작가들이 감방을 뒹구는 동안 「참회시」, 「소」, 「정월일기」, 「새의 행방」, 「응시」, 「촌장」 등의 작품을 쓰며 비겁한 시인으로서의 침묵과 부당한 억압을 토로했다.

나의 시집 『새떼』에 수록된 이 작품들은 결국 유신 계엄사령부의 검열에 걸려 여섯 편이나 삭제 명령을 받았다. 나는 출판사를 바꾸어 그 시편들을 그대로 수록하여 출판을 했고 그 시집으로 현대문학상을 받았다. 그중 「겨울 일기」는 현재 고등학교 검인정교과서에 수록되어 있다.

나는 이 겨울을 누워 지냈다
사랑하는 사람을 잃어 버려
염주처럼 윤나게 굴리던

독백도 끝이 나고

바람도 불지 않아

이 겨울 누워서 편히 지냈다

나는 그 후 몇 년에 걸쳐 장시 「아우내의 새」를 쓰기 시작했다. 「아우내의 새」는 유관순의 자유혼을 그린 장시이다. 16세의 어린 소녀 유관순을 열사라든가 누나라는 언어 속에 가두어 두어서는 안 된다고 생각했다. 진실을 입으로 말하고 목숨을 죽음과 맞바꾸어버린 순열한 정신의 비의를 캐내어보고 싶었다.

충청남도 천원군 병천 일대 그녀의 생가와 교회와 아우내 장터와 매봉을 발로 누비며 자료를 모았다. 유관순의 사인이 자궁파열이라는 것을 알았을 때 절망과 분노에 전율했다. 극심하고 야만한 고문이 그녀를 죽인 것이었다.

시집 『아우내의 새』는 1970년 《사상계》 5월호를 나에게 전해준 후 그 길로 감옥에 가서 옥고를 치르고 돌아온 젊은 편집장이 새로 만든 출판사 일월서각에서 출판되었다. 참 묘한 인연이었다. 나는 슬픔과 죄의식을 이렇게 씻어낼 수밖에 다른 도리가 없었던 것이다.

처음 펴낸 일월서각 판 『아우내의 새』에는 신경림 시인이 발문을 썼는데 그 후 복간된 랜덤하우스코리아 판에는 독방의 사형수에서 살아서 돌아온 김지하 시인이 발문을 써서 그 의미를 더욱 깊게 해주었다.

『아우내의 새』는 역사와 신화의 결혼이다…… 관순의 역사적 비극이 초월적 신성으로, 캄캄한 밤 푸른 별로 승화하는 과정이다. 그리고 그것이 다시금 역사의 불빛으로 하강하는 과정이다. 단 한마디 이 말 이외에 무슨 말을 더할 것인가. '숭고하다!'

그리고『아우내의 새』중「서시」는 현재 유관순의 모교인 이화여고 이화동산에 새겨져 있다.

먼 곳을 응시하는 유관순의 동상 뒤 벽면 대리석에 새겨진 시를 보며 나는 결코 무심하지 않은 시간의 경이를 느꼈다. 정말 잊지 못할 만남들이 아닐 수 없다.

내가 '모든 사랑은 첫사랑이다'라고 제목을 붙인 시집은 시인들의 사랑시를 가려 뽑은 시선집 제목인데 김지하 시인은 이것을 '모든 사랑은 짝사랑이다'라고 정정하고 싶었다는 것이다. 첫사랑이든 짝사랑이든 다시 한 번 운명을 건 절절한 사랑을 할 수 있다면 참 좋겠다.

나에게는 온몸으로 뛰어들어 불같이 온 생애를 태우는 그런 치명적인 사랑을 못한 열등감이 있다.

풀꽃 하나가

쓰러지는 세상을 붙들 수 있다.

조그만 솜털 손목으로

어둠에 잠기는 나라를

아주 잠시

아니, 아주 영원히

건져 올릴 수 있다.

풀꽃 하나, 그 목숨 바스라져

어둡고 서러운 가슴에

별로 떴다.

꺼지지 않는 큰 별로

역사에 박혔다.

문정희,

「서시」

2부

길 위에서
On the road

　　문학 작품에서 제목이 얼마나 중요한가는 늘 강조되곤 하지만 미국의 비트 문학을 단숨에 열어젖힌 잭 케루악의 '길 위에서'라는 제목만큼 영원히 낡지 않는 제목도 드문 것 같다. 이 소설 한 편으로 수십억 벌의 청바지와 수백만 대의 에스프레소 기계가 팔렸으며 수없이 많은 젊은이들이 길을 떠났다는 윌리엄 버로스의 지적처럼 잭 케루악의 『길 위에서On the road』는 세계적인 규모의 문화 혁명 소설이다.

　　지금 읽어도 재즈의 리듬처럼 나를 설레게 하는 이 소설을 읽으면 나의 젊음은 불처럼 살아나고 나의 방랑은 다시 날개를 편다. 아마도 내 피의 절반은 비트와 히피에 빚지고 있을 것이다. 그리고 나의 문학의 상당 부분은 노마드적 체험과 상상력의 소산일 것이다.

나는 뉴욕에 가면 맨해튼 11번가 케루악의 몇 번째 연인이 살았다는 아파트를 찾아가 집주인 최월희 선생(나의 영역 시집『Windflower』의 번역자이기도 하다)에게 사정하여, 예약한 호텔방을 비워두고 하룻밤을 꼭 그 좁은 아파트의 천장 밑 다락방에서 자기도 한다.

젊은 날, 내가 다녔던 뉴욕대 부근 그리니치 빌리지의 이 아파트는 케루악이 동성애자였다는 주장에도 불구하고, 그래서 그의 연인이 여기 살았다는 것은 허구일 거라는 주장에도 불구하고 나에게는 여전히 가슴 설레는 젊은 여로의 일부가 되곤 한다. 북부 뉴욕 겐트 시 한적한 숲 속 작가촌 '아트 오마이'에 머물 때 시골 처녀가 일하고 있는 헌책 가게에서『길 위에서』의 실제 배경이 되었던 주유소와 카페들을 일일이 찍은 사진집을 발견하고 너무 반가운 나머지 덜컥 그것을 사서 내내 돌덩이가 든 것처럼 무거운 가방을 끌고 다녀야 했던 기억도 있다.

나는 길을 사랑한다.

길 위에서 받은 선물과, 길 위의 열정과 사랑, 그리고 수많은 영감과 인연들을 늘 보석처럼 간직하고 있다. 케루악의 소설처럼 나의 모든 여행이 진정한 자유와 부랑자의 길을 찾아 떠난 여행은 아니었다 해도 나는 참 많이도 '길 위에서' 서성거리곤 했다. 하긴 무슨 말이 더 필요하랴. 인생 자체가 바로 '길 위에서'가 아닌가.

*

그해 여름의 무성했던 신록과 갈매기 끼룩거리던 그 바다를 잊을 수 없다. 조각가 K를 따라 부산 해운대에 갔을 때의 일이다. 삼십 대 끝 무렵, 지금 생각하면 한참 젊어 호랑이 눈썹도 뺄 수 있는 나이였지만 왠지 그때는 내가 조금 늙었다고 생각했다. 이상한 허무감에 빠져 있었다. 젊음은 무겁기만 했고, 문학에의 열망은 너무 크고 버거웠으며, 삶은 한없이 고달프기만 했다. 나는 조각가 K의 제의에 선뜻 길을 따라나섰다.

해운대 해변에 새로 짓는 최고급 호텔의 로비 한쪽 벽면을 그녀의 작품으로 꾸미게 되었는데 나에게 그 작품의 제목을 좀 붙여달라는 것이 이유였다. 기실 K는 나보다 10년쯤 위인 분이었다. 오랜 외국 생활 탓인지 그녀의 예술 감각은 앞서 있었고 무엇보다 패션 감각이 젊고 신선하여 나는 그녀를 따르고 좋아했었다.

한번은 그녀의 집에서 벌인 '코스튬 파티Costume party'에 참석하여 즐거운 충격에 사로잡히기도 했다.

누군가는 양로원 노인의 모습으로 머리에 클립을 두어 개 만 채로 뜨개질 바구니를 들고 나타났고, 또 누군가는 '변 사또'의 모습으로 나타나 함께 저녁을 먹고 대화를 나누는 파티였다. 그날 밤 나는 카르멘의 이미지를 더욱 고조시키기 위해 머리에다 커다란 맨드라미를 꽂고 갔었다. 프랑스에서 돌아온 불문학자, 화가, 소설가, 그리고 현대음악가도 섞여 있었다. 그녀와 미국 유학 시절 만난 젊은 교수도 있었다. 불온하고 척박한 시대, 모처럼 물 밖으로 숨통을 열고 심호흡을 하는 것 같은 자유로움과 위로를 주었던 밤이었다.

우리는 해운대에 도착하자마자 그녀가 조각한 호텔 로비의 벽면 작품을 둘러보았다. 벽면에는 서로 다른 모양의 테라코타가 붙어 있었고, 그것은 시간의 무늬처럼 숙연하고도 즐겁게 서로 어울려 하나의 세계를 이루었다. 벽면 조각 중에 특히 가슴이 네모로 뚫린 여인상을 연상시키는 부분이 시선을 끌었다. 어쩌면 K선생이 굳이 나를 이 여행에 초대한 것은 나와 함께 많은 얘기를 나누며 오랜만에 바닷바람을 쐬고 싶었던 것 같기도 했다.

우리는 해가 채 떨어지기도 전에 기다렸다는 듯이 바닷가로 나 갔다. 건너편 동백섬에 뚝뚝 고개를 떨구는 동백꽃은 지고 없었지만 파도는 여전히 푸르렀고 갈매기 소리는 여행의 활력을 일으켜 주기에 충분했다. 곧 해변에 줄지어 선 포장마차들이 하나둘 불을 켜기 시작했다. 반달, 해변의 연인, 하룻밤, 낭만주의…… 지금은 없어졌지만 유행가처럼 마음을 끄는 포장마차의 간판들이었다. 우리는 그중 '혼수상태'라는 집에서 조개구이에다 맥주를 마셨다. 그러다가 문득 파도 소리에 젖어 내가 이렇게 말했다.

"선생님, 오늘이 제 생일이에요."

사실이었다. 그날은 내가 마흔 살이 되는 생일이었다. K선생은 즉시 호텔에 연락하여 특별히 차를 불렀다. 그리고 얼마쯤 가서 자리를 잡은 곳이 '화이트 캐슬'이라는 카페였다. 그곳은 그 이름처럼 하얀 성이었다. 해운대는 아니지만 역시 바다가 훤히 바라다보이는 광안리의 전망 좋은 곳에 위치하고 있었다.

나의 40세 생일! 그러니까 여자가 40세를 넘길 때 한다는 '언덕 넘어가기 파티Over the hill party'는 이렇게 돌연히 마련되었다. 세 명의 악사가 서툴게 장송곡을 연주했다. 우리는 평소처럼 그날도 검정 옷을 입고 있었으므로 굳이 검정 드레스를 찾아 입을 필요는 없었다. 하지만 검은 장미는 꼭 꽂기로 했다. 그래서 급히 배달된 검붉은 장미 한 송이씩을 가슴에 꽂고 울면서 언덕을 넘어갔다. 나는 케이크의 촛불을 켜고 촛불을 불고 케이크를 잘랐다. 드디어 장엄하게 마흔의 언덕을 넘어간 것이었다.

지금 생각하면 가슴이 조금 아릿하고 조금 웃음이 나온다. 마흔 살이 된다는 것이 이리도 큰 충격이었을까. 공자는 "삼십이립 사십불혹"이라 했는데 나는 서른에 물론 홀로 서지 못하였고, 마흔에 불혹은커녕 사방에 유혹들이 검은 구멍을 뚫어놓고 기다리고 있어 불혹이 아니라 참으로 당혹이었다. 나는 해운대에서 돌아와 생각했다. 이제 여성의 나이가 아니라 진정한 인간의 나이를 살아보기로 한 것이다.

그즈음 쓴 시 중에 「촛불 한 개」라는 시도 있다. 한 가지, 이 시 속의 시어 중에 "아줌마"라는 시어가 나오는데 처음 문예지에 발표될 때는 "늙은 년"이라는 시어로 발표되었다. 그만큼 격렬한 표현에도 자심감이 생겼기 때문이었다. 또한 시라는 고정관념에 사로잡혀 무난한 언어를 구사하는 것이 지루하고 식상해서 당당하고 솔직한 표현을 했던 것이다. 그런데 그 후, 나를 몹시 아끼는 원로 여성 시인이 여러 번 설득하는 바람에 아줌마로 슬며시 바꾸어 시집에 넣었다. 사실 지금 생각해도 바꾼 것이 잘한 것인지 모르겠다. 최근에 나는 드디어 「나이」라는 시에서 이런 표현을 했다.

이제 나에게 나이란 없다
없기로 했다
오직 홀로의 등정이 있을 뿐

'길 위에서' 받은 생일 선물 얘기를 하다가 그만 나이 얘기가 소금 길어졌지만 해운대 바닷가에서 받은 마흔 살 생일의 '언덕 넘어가기 파티'는 두고두고 잊지 못할 선물이다. 검은 드레스, 검은 장미, 그리고 장송곡을 들으며 '언덕을 넘어간' 그날의 기억은 암각화처럼 가슴 깊은 곳에 새겨져 있다.

*

한여름 폭우로 발이 묶여 숲 속에서 하룻밤을 지새우고 받은 또 하나의 뜻밖의 선물이 생각난다. 초록 풀꽃 냄새가 풍겨나는 수채화 같은 길 위의 추억이다.

요즘도 그렇지만 매해 여름이면 내가 소속되어 있는 대학의 문예창작과에서는 일주일 정도 숲 속에서 '창작 교실'을 열곤 한다. 그해 여름에도 그랬다. 산정호수 부근 숲 속에서 창작 교실이 열리고 있었다. 나는 아침 일찍 학생들을 만나기 위해 집을 나섰다.

사실 학생들에게 내가 해주는 것은 특별한 것이 아니었다. 고작

싱싱한 고래 한 마리 내 허리에 살았네

그때 스무 살 나는 푸른 고래였지

서른 살 나는 첼로였다네

적당히 다리를 벌리고 앉아

잘 길든 사내의 등어리를 긁듯이

그렇게 나를 긁으면 안개라고 할까

매캐한 담배 냄새 같은 첼로였다네

마흔 살 땐 장송곡을 틀었을 거야

검은 드레스에 검은 장미도 꽂았을 거야

서양 여자들처럼 언덕을 넘어갔지

이유는 모르겠어

장하고 조금 목이 메었어

쉰 살이 되면 나는 아무것도 잡을 것이 없어

오히려 가볍겠지

사랑에 못 박히는 것조차

바람결에 맡기고

모든 것이 있는데 무엇인가 반은 없는

쉰 살의 생일 파티는 어떻게 할까

기도는 공짜지만 제일 큰 이익을 가져온다 하니

청승맞게 꿇어앉아 기도나 할까

문정희,
「생일 파티」

해야 몇 마디 모호한 말로 시적 자극을 주는 정도의 것이었다. 예술의 신인 뮤즈란 그렇게 불러서 오는 것이 아니라는 것을 알기 때문에 나는 오히려 자유로이 방목을 권하는 편이기도 하다. 학생들과 숲 향기 속에서 함께 토론을 하고 시 낭송을 하고 함께 저녁을 먹고 서둘러 서울로 돌아올 참이었다.

그런데 이게 웬일인가. '창작 교실'에 도착하여 학생들에게 '문학이란 혹은 창조란 무엇인가'를 좀 뜨거운 목소리로 떠들고 나니 갑자기 하늘이 검게 변하는 것이었다. 그리고 무서운 기세로 폭우가 쏟아지기 시작하는 것이었다. 천둥과 번개까지 으르렁대는 바람에 '창작 교실'은 심지어 공포 분위기까지 확산되었다. 폭우는 자정이 가까워져도 기세를 조금도 누그러뜨리지 않았다.

문학이 아니면 당장 죽을 것처럼 아니, 문학만이 삶을 의미 있게 할 뿐이라며 큰소리를 쳤는데 쉴 새 없이 쏟아지는 빗줄기에 우리는 모두 속수무책이었다. 오직 두려움과 추위에 떨 수밖에 없었다. 대자연 앞에 한없이 무력한 인간 존재의 한계를 실감하는 순간이었다. 기상청의 뉴스는 한탄강 주변의 물난리는 수십 년 만의 기록을 단숨에 바꾸어버렸다고 했다.

학생들과 교수들의 만류로 나는 그날 밤 서울로 돌아가는 것을 포기했다. 외출복 차림 그대로 숲 속의 임시 건물에서 하룻밤을 보내기로 했다. 그런 상황에도 특별한 독방 하나가 주어졌다.

간판을 내린 지 오래인 바로 옆 모텔인지 레스토랑인지의 한편에 흙으로 이어 만든 공간이었는데 한 사람이 누우면 딱 맞는 크기의 창문 없는 흙방이었다. 방에는 찌께벌레(넓적사슴벌레)나 노래기나 바퀴벌레 같은 것들이 기어가고 있을 것 같아 보통 때라면 앉기조차 거북한 곳이었다.

나는 그래도 그 방이 원시시대 움집처럼, 아니 전생의 어떤 모태 자궁처럼 편안했다. 뉴욕, 빌리지의 잭 케루악의 연인이 살았다는 다락방처럼 작고 앙증맞은 이 공간은 어쩌면 한 편의 시라도 써지고야 말 것 같아 심지어 조금 설레기까지 했다.

나는 거의 앉아서 하룻밤을 뜬눈으로 지새우기로 했다. 천장에 켜 놓은 알전구 곁으로 온갖 모기와 날것들이 모여들어 밤새 춤을 추었다. 밤이 깊어지자 어디서 날아들었는지 박쥐까지 가세하여 그렇잖아도 엄살이 많은 나를 한없이 성가시고 고통스럽게 했다. 미당 시인은 젊은 날 그의 유명한 대표작 「화사」를 쓸 때 꽃뱀이 아니라 박쥐를 잡아 벽에다 못으로 고정시켜놓고 썼다 했다.

그러나 나는 박쥐를 못에 박아두고 관찰하기는커녕 박쥐가 나를 향해 달려들까 두려워 눈을 시리게 하는 백열전구조차 끄지 못했다. 이런 악조건 속에 밤새 으르렁거리던 천둥이 드디어 멈추고 밖이 뿌옇게 모습을 드러내기 시작했다. 아주 짧은 순간이었을 것이다. 나는 그 자리에 그만 쓰러져 설핏 잠이 들었던 것 같다.

"선생님, 선생니임……."

꿈결에 다정한 한 소년의 목소리를 들었다. 그 소리는 목동이 부는 나팔소리처럼 온몸을 울렸다. 나는 눈을 떴다. 그야말로 비몽사

몽이었다.

"선생님, 세수하시고 맛있는 아침 드십시오."

나는 방문을 확 열었다. 순간 짧은 감탄사를 토하지 않을 수 없었다. 시를 쓰는 C가 세숫대야에 맑은 물을 채워 들고 서 있었다. 반사적으로 C가 들고 온 세숫대야를 받아 들다가 나는 그만 그 자리에서 눈물을 글썽이고 말았다. 세숫대야 속에 은방울꽃 세 송이가 동동 떠 있었다. 언제 그쳤는지 비가 멈춘 하늘엔 아침 햇살이 다시 푸르렀고 신선한 물기를 가득 머금은 숲 향기가 훅하니 나를 에워쌌다.

"한 편의 시다!"

둥그런 세숫대야 안을 떠도는 은방울 꽃송이……

그 속에다 얼굴을 묻고 나는 쉽게 세수를 할 수가 없었다. 생애에 그렇게 아름다운 아침 세수를 할 수 있다니. 나는 지난밤의 고통이 기적처럼 신선한 감동으로 화하는 순간을 온몸으로 체험했다. 세숫대야 안에 떠 있는 맑은 사랑, 숲 향기, 천둥 번개, 그리고 우주, 생명, 우리들의 꿈, 음악.

나는 그 여름 아침의 체험을 시로 썼다. 하지만 그 아침의 감동을 다 표현하지 못해 몇 년째 고치고 있는 시 중의 하나이다. 언어도단의 막막함을 거창한 어떤 주제에서뿐만 아니라 이렇게 단순한 서정시를 쓸 때에도 많이 느끼는 것이다. 사실 어떨 때는 언어가 실상을 능가하는 경험을 할 때도 있다. 과장되고 수다스러워져서 절망일 때도 있다. 그것 또한 몹시 경계하고 있지만 정말 시란 문학이란 아니, 언어의 운용이란 이렇듯 쉽지 않은 것을 늘 실감하곤 하는 것이다.

숲 속의 창작 교실에서 그토록 아름다운 세숫대야를 나에게 선물했던 C는 지금은 건장한 어른이 되었다. 그리고 주목 받는 잡지의 편집인이요, 시인이 되어 다방면으로 활동을 하고 있다. 언젠가 "그때 왜 그리 예쁜 짓을 생각해냈느냐?"고 물었더니 그는 갑자기 수줍은 소년이 되어 그만 겸연쩍게 웃고 말았다.

나는 관념보다 체험을 글로 쓰기를 좋아한다. 그러나 모든 체험이 그대로 작품이 되지는 않는다. 실제와 작품 속의 현실이 다른 것은 물론이다. 폭우에 묶였던 그 여름 밤, C가 세숫대야에 띄워 온 풀꽃은 은방울꽃이 아니라 단풍잎이었던 것도 같다. 하지만 그것은 전혀 중요한 것이 아니다. 나의 현미경에, 나의 망원경에 그것은 은방울꽃으로 각인되고 창조되었다는 것이 중요하다.

언어가 미학적으로 가장 세련된 형태가 바로 시이다. 광포한 속도의 시대, 무한 경쟁의 시대. 한없이 피곤하고 불안한 사람들에게 흙탕물 같은 정보와 해괴한 개그 언어의 쓰나미 속에 한 잔의 생수처럼 맑은 한 모금의 진정한 언어가 필요한 것은 당연하고 시급한 일이다.

나는 다시 길을 나선다.

한겨울 못 잊을 사람하고

한계령쯤을 넘다가

뜻밖의 폭설을 만나고 싶다

뉴스는 다투어 수십 년 만의 풍요를 알리고

자동차들은 뒤뚱거리며

제 구멍들을 찾아가느라 법석이지만

한계령의 한계에 못 이긴 척 기꺼이 묶였으면

오오, 눈부신 고립

사방이 온통 흰 것뿐인 동화의 나라에

발이 아니라 운명이 묶였으면

이윽고 날이 어두워지면 풍요는

조금씩 공포로 변하고, 현실은

두려움의 색채를 드리우기 시작하지만

헬리콥터가 나타났을 때에도

나는 결코 손을 흔들지는 않으리

헬리콥터가 눈 속에 갇힌 야생조들과

짐승들을 위해 골고루 먹이를 뿌릴 때에도……

시퍼렇게 살아 있는 젊은 심장을 향해

까아만 포탄을 뿌려대던 헬리콥터들이

고라니나 꿩들의 일용할 양식을 위해

자비롭게 골고루 먹이를 뿌릴 때에도

나는 결코 옷자락을 보이지 않으리

아름다운 한계령에 기꺼이 묶여

난생처음 짧은 축복에 몸 둘 바를 모르리

문정희,
「한계령을 위한 연가」

검은 장미를 달고 언덕을 넘어가기 위해, 폭우에 고립되어 고통의 하룻밤을 흙방에서 떨고 난 후 영롱한 은방울꽃을 만나기 위해 기꺼이 길을 떠날 채비를 한다.

나약한
지식인이란

　　　　　　　지난여름의 끝이던가, 이탈리아 리도의
한 선술집에서 나는 '진자노'라는 술을 주문했다. 오래 홀로 떠돌
던 때문만은 아니었다. '진자노'의 향기는 깊고 슬프고 아름다웠
다. 오랜만에 혀끝으로 돌아온 젊은 날의 기억이 취기가 되어 전신
으로 퍼졌다.

　진자노 베르무스Cinzano Vermouth. 이 술을 처음 마신 것은 이십 대
초반, 대학교 3학년쯤이었을 것이다. 키 큰 소나무들이 그윽하게
숲을 이루는 후암동 어느 집에서였다. 허브향이 아련한 '진자노'의
향기를 처음 알게 해준 노신사의 얼굴이 스쳐갔다.

　그분은 그동안 내가 만난 그 누구와도 다른 신사였다. 영화에서
나 보던 중후한 멋과 깊은 품위가 배어 나왔고 훤칠한 키에 단아한

외모를 지닌 분이었다. 무엇보다 세련된 지성이 돋보이는 분으로 경박함이라고는 어디에도 없는 분이었다. 그분은 그때 큰 기업의 회장이었지만 얼마 전까지만 해도 경제 분야의 장관이었다고 했다. 통화 관리 문제로 박정희 대통령과 의견 충돌을 빚어 물러났다고 했다. 나는 그분이 그렇게 중요한 분인지를 전혀 몰랐다. 강신재 소설의『젊은 느티나무』에 나오는 멋진 신사 '무슈'의 이미지를 연상시켰다.

그때 나는 문단에 등단하기도 전이었다. 고교생으로 시집을 내고 문학 특기생으로 대학에 진학한 학생이었으므로, 다소 주목을 받고 있는 국문학도였다. 당시 나를 주목하던 한 원로 여성 문인의 추천을 통해 그분을 만나게 되었다.

그분은 그때 사랑하는 아내를 잃고 깊은 슬픔에 젖어 있었다. 오십 대 초반으로 사회적으로 중요한 위치에 있는 상황에 한창 자라는 자식들을 두고 병으로 떠나간 아내를 애절하게 그리워하고 있었다. 그분은 말했다.

"묘지에다 돌덩이 하나 세우는 것보다 그녀의 아름다운 삶을 글로 남겨두고 싶었다."고 했다.

남들을 위해 헌신하던 아내, 겸손하고 검박한 아내의 삶을 그분은 오래 기억하고 싶은 것 같았다. 그분과의 인연은 그렇게 시작되었다. 그리고 그 인연은 그분이 타계하는 날까지 지속되었다.

인생을 알기에는 너무 어렸고 아니, 사랑과 죽음과 슬픔의 깊이를 이해하기에는 너무도 미숙한 나이로 만난 분이었다. 나는 문학적 감수성과 문장력만 가진 문학소녀가 아니었던가. 그래도 그 일은 비교적 잘 마무리되었다. 그리고 그분과의 인간적 유대감은 오래 지속되었다. 그분은 나의 문학의 성장을 지켜보고 늘 격려하고 박수를 쳐주었다. 마침 그분의 차남과 나는 같은 나이였다. 마치 자식의 성장을 지켜보듯이 나의 문학적 재능과 열정을 지켜보았고 문학에 대한 열망 말고는 다른 것에 영악하지 못한 나의 벌거숭이 같은 면을 아껴주었다. 수필가 전숙희 여사와 오랜 친구 사이이기도 해서 계절이 바뀔 때면 전숙희 여사와 나를 초대하여 맛있는 요리를 사 주기도 했다. 안산의 시골집 산길에서 들꽃을 꺾어주던 모습도 잊을 수 없다.

그분은 그 후 국무총리가 되었다. 그때 나는 서른 초반으로 미국 뉴욕대 대학원으로 유학을 떠나기 직전이었다. 광주민주화운동의 후유증이 암울하게 가슴에 남아 있을 때였다. 아이 둘을 데리고 미국 유학을 떠나는 일은 쉽지 않았다. 한국은 당시 외채 4위의 나라였고 모처럼의 민주화에 대한 열기가 꺾여 참담하기만 했던 때였다. 밤 아홉시가 되면 머리가 벗어진 군인 대통령이 어김없이 나와서 강철처럼 엄혹한 목소리로 뉴스를 장악하던 시절이었다. 미국 유학 비자를 받기가 하늘의 별따기처럼 어렵던 시기였다.

어렵사리 비자가 통과되고 거기에다 동반자로 아이들까지 미국에 데려갈 수 있게 되던 날, 그분은 나의 장도를 축하해줄 겸, 그동안 바빠서 미루던 가까운 문인 몇 분을 총리 공관으로 초대하였다.

초대의 장소는 총리 공관이었지만 거의 사적인 자리나 마찬가지였다. 삼청동 부근 한정식 집에서 만든 나물 몇 가지를 주문하여 차린 검소한 저녁 식탁이었다.

그 시절의 그분을 어느 기록에 이렇게 묘사한 것을 보았다. "무관들이 난동을 부리는 흐리고 어두운 시절, 내각에 참여, 내각 수반으로 중요한 역할을 했다."는 내용이었다.

저녁을 먹으며 문인들이 이제부터 맞게 될 힘든 역할을 걱정하자 그분은 말을 아주 아끼며 이렇게 말했다. "내가 도울 수 있는 일이 혹시 있다면 말해달라."는 것이었다. 그러자 한 문인이 작가들의 원고료에 세금을 없애달라고 했다. 젊은 나는 쥐꼬리만 한 원고료에 구걸하여 세금을 감면받겠다는 것이 조금 자존심이 상했다. 그래서 이렇게 말했다.

"원고료이건 또 다른 어떤 노동이건 수입이 생기면 세금은 내는 것이 당연하다. 그것보다는 자유로이 글을 쓸 수 있는 표현에 대한 자유를 제한하지 말아달라."고 했다.

동석한 선배 문인이 나의 태도가 못마땅한지 눈을 꿈적거렸다. 그리고 그 후 그 선배 문인은 나에게 한마디를 했다.

"순수하고 정의로운 것은 좋은데 그런 자리에서 하는 부탁은 구체적인 것이 좋지."

하지만 나는 후회가 없었다. 선배 문인의 말처럼 나의 서툰 어떤 면을 그분은 잘 알아들었을 거라고 생각했다. 그리고 2년 만에 내가

뉴욕에서 지치고 피폐한 몰골로 돌아왔을 때에도 그분은 아주 좋은 식당으로 나를 데려가서 맛있는 것을 사 주었다. 이미 현직에서 물러나 홀가분한 모습이었다. 아마도 적십자사 총재였던지 정확한 기억은 없다. 나의 가난한 유학생활을 재미있게 들어주고 앞으로 쓰게 될 시의 테마에 귀를 기울여 들어주었다. 그리고 당신이 미국 유학 시절에 집에 강도가 들어와서 놀랐던 일화도 들려주었다.

그분은 연전에 92세를 일기로 타계했다. 신문에 그분에 대한 일화가 많이 나왔다. 내가 자세히 몰랐던 많은 부분을 알게 되었다.

한국이 IMF에 가입하려 할 때, 당시 IMF가 한국에 대한 그동안의 기록이 없다는 이유로 가입을 거부하자 미국 의회도서관에서 일제 강점기 때의 통계를 찾아 자료를 만들었다는 대목이 특히 눈에 띄었다. 그리고 3공화국 근대화 계획을 주도했고, 자유시장경제의 토대를 만들어 확산했다는 부분도 눈에 띄었다. 일찍이 미국 헤이스팅스 대학 출신인 데다, 한국은행 총재가 되기 전 뉴욕사무소장으로 일했기에 국제 감각이 누구보다 빼어난 분이었다.

"자본주의는 근본에 있어 국민에게 양도할 수 없는 권리를 주고 개인의 자유, 창의력, 능력 등을 발휘할 수 있게 하는 제도"라고 말했다는 대목에서 가슴이 뭉클했다.

바덴바덴에서 서울올림픽 유치 경쟁을 벌일 때 당시 소련 대표의 독기 있는 질문에 세련된 영어로 단번에 면박을 주었다는 일화는 더구나 통쾌했다. 내가 뉴욕에 살 때 그분이 살았다는 리버사이드

드라이브를 지날 때면 그분과 그분의 가족들을 떠올리곤 했다고 하자 특유의 온화한 미소를 지으며 반가워했던 기억도 떠올랐다.

뉴욕에는 그분을 그리워하는 지인들이 아직도 몇 분 살고 있었다. "단 한 번도 사적인 부탁을 한 적이 없어 오히려 놀랐다."며 나를 칭찬해준 적도 있었다. 나는 그 칭찬에도 서툴고 다소 치기 어린 대답을 했던 기억이 있다. 하지만 그것이 사실임에랴.

"제가 가장 도움 받고 싶은 것은 어떻게 하면 시를 잘 쓸 수 있는가 하는 것인데 그것은 도와주실 수 없잖아요."

그분, 바로 유창순 총리께서 세상을 떠났다는 부음이 실린 신문을 보며 나는 내 젊은 날의 한구석에 둥지를 틀고 있는 아름다운 기억 하나가 가뭇없이 무너지고 있는 것을 똑똑히 느꼈다. 그 후 얼마 안 가서 전숙희 선생도 홀연히 떠났다. 두 분 다 아흔 해를 넘긴 장수의 복을 누린 분들이지만 역시 뒷모습은 쓸쓸했다. 진정 시대를 앞선 안목과 지성을 지닌 세련된 어른들이었다.

지난봄, 어느 날 시인 황인숙이 전화를 했다.

"사람이 살지 않는 빈집에 모란이 저 혼자 눈부시게 피어 있는데 꼭 보여드리고 싶어요."

나는 모든 바쁜 일정을 뒤로 미루고 모란이 저 혼자 피어 있는 '빈집'을 보기 위해 허둥지둥 황인숙을 만났다. 황인숙이 나를 끌고 간 동네는 마침 후암동이었다. 후암동! 진자노의 향기를 처음 알게 해준 그 노신사가 살던 동네가 아닌가.

후암동 골목을 거니는 동안 나는 어느새 대학 시절 굵은 주름이 잡힌 미니스커트를 입고 노신사를 만나러 갔던 그 골목을 찾고 있었다. 기억을 더듬어 한국은행 사택이 있던 골목으로 접어들었지만 45년이라는 세월은 얼마나 긴 시간인가. 나의 기억도 희미했지만 동네도 몰라보게 바뀌었다. 다른 동네에 비해서는 그다지 많이 바뀌지 않은 동네임에도 그랬다.

그때 노신사는 말을 하다가 자주 멈추곤 했었다.
"진자노는 이탈리아 술인데 도수가 낮은 술이지."
그분은 유리컵에 얼음과 함께 진자노를 따르며 어린 내가 안 보게 슬픔을 삼키곤 했다. 마당에 서 있는 소나무 사이로 바람이 많이 불던 밤이었다.
드디어 황인숙이 나에게 보여주고 싶다는 빈집에 닿았다. 마당 가득 흰 목련이 전생의 어떤 장면처럼 피어 있었다. 나무도 많고 집도 제법 멋진 이층집이었지만 사람이 떠난 지 오래된 집 같았다. 집은 많은 말을 하고 있었다. "집은 스스로 이야기한다."고 말한 유명한 건축가의 말이 떠올랐다. 그 건축가는 축적한 경험과 기술을 가지고 어릴 적 살았던 '감정의 공간'을 재창조해내었다고 했다. 나도 그렇게 하고 싶었다.

이민을 갔을까. 아니면 모두들 어디로 사라졌을까. 저 방 안에서 피어났을 웃음소리, 울음소리, 그리고 울리던 전화 벨소리…… 저녁이면 식구들이 돌아와 밥상에 둘러앉아 숟가락을 부딪치며 밥을

키 큰 남자를 보면

가만히 팔 걸고 싶다

어린 날 오빠 팔에 매달리듯

그렇게 매달리고 싶다

나팔꽃이 되어도 좋을까

아니, 바람에 나부끼는

은사시나무에 올라가서

그의 눈썹을 만져보고 싶다

아름다운 벌레처럼 꿈틀거리는

그의 눈썹에

한 개의 잎으로 매달려

푸른 하늘을 조금씩 갉아먹고 싶다

누에처럼 긴 잠 들고 싶다

키 큰 남자를 보면

문정희,
「키 큰 남자를 보면」

먹던 소리들…… 우리는 그것을 행복이라는 이름으로 부르지 않던가. 나도 그 건축가처럼 진실로 잃어버린 젊은 날의 '감정의 공간'을 창조하고 싶었다.

나는 한동안 망연히 그 빈집 앞에 서 있었다. 난분분! 난분분! 꽃잎이 떨어졌다. 그 동네 사는 야생 고양이들에게 밥을 주느라 황인숙은 잠시 어디론가 사라졌다가 나타나곤 했다.

황인숙의 시는 생의 어떤 순간을 포착하는 능력이 빼어나다. 왈츠처럼 감각적이다. 그래도 어딘지 슬픔이 배어 나오는 것이 황인숙의 시다. 나는 황인숙에게 옛날의 기억을 말할까 하다가 참았다.

노신사의 후암동 집은 끝내 찾지 못했다. 비슷한 골목과 나무들이 나왔지만 그 부근이 대대적으로 공사 중이어서 온통 흙더미가 파 올려져 있었다. 키 큰 나무들이 조금 낯익었지만 나무들도 믿을 수는 없었다. 45년 동안 그들은 그들 나름으로 하늘을 향해 더 크게 키가 자라 있었다. 더구나 나무들은 말이 없었으므로 아무것도 확실하지 않았다.

*

나는 지금 어느 출세한 분과의 유대를 쓰는 것은 아니다. 너무 사적인 만남이어서 단 한 번도 어디에도 꺼낸 적이 없는 얘기이다. 이탈리아 리도의 선술집에 앉아 멀리 두고 온 그리운 공간들과 젊은 날의 어떤 기억을 떠올리던…… 그 진자노의 향기와 같은 나의 젊은 날의 지문에 찍힌 어느 그리운 '집'에 대해 쓰고 있는 것이다.

여기까지 쓰고 보니 문득 내가 쓴 시 가운데 「초대받은 시인」이라는 시가 떠오른다. 그것도 '집' 이야기이다. 하지만 하필 이 대목에서 '청와대'라는 집이 떠오른 것은 무슨 이유일까. 아마도 그분이 총리를 지낸 분이거나 선거가 가까워 오고 있는 탓인지도 모른다. 신문이나 텔레비전의 화제가 요즘 온통 그쪽으로 많이 쏠려 있는 것 또한 사실이다. 후암동 집에서 만난 아름다운 노신사의 얘기와는 주제나 소재가 전혀 다르지만 말이다.

이 시는 복잡한 레토릭을 사용한 시가 아니라 그냥 이야기 구조로 이루어져 있어 쉽게 전달되는 시이다. 청와대의 초대에 참석하지 않은 시인의 이야기를 서사 구조로 직조한 시지만 주제는 시인의 내면에 도사리고 있는 스나브snob, 즉 속물을 고발하고 실토한 시이다.

내가 다니던 여학교는 청와대 옆에 있었다. 청와대의 옛 이름이 경무대인데 우리 학교의 교가에는 경무대라는 말이 들어 있었다. 나는 그 교가를 부르며 사춘기를 보냈다. "뒤에는 푸른 백악. 옆에는 경무대" 이런 가사이다. 나중에 차츰 청와대로 바꾸어 불렀지만 4·19가 지나간 지 몇 년이 안 되었던 때였으므로 우리는 원 가사를 그대로 부르기를 좋아했었다. 하지만 「초대받은 시인」을 쓰게 된 데에는 그런 경험과는 좀 다른 배경이 있다.

내가 사랑하는 책 가운데 『나의 삶 나의 문학』(안정효 옮김, 책세상, 1989)이라는 책이 있다. 이 책은 《파리 리뷰》의 기자들이 20세기 대표 작가들을 인터뷰한 대담집이다. 나는 이 책을 참으로 아껴서 심지어 대학원 강의를 할 때 옥타비오 파스의 『활과 리라』와 함께 부교재 비슷하게 선택하여 학생들에게 권했던 적도 있다. 이 책의 미덕은 우선 《파리 리뷰》의 기자들이 내보이는 인터뷰의 내공과 전문성이다. 갑자기 수집한 몇 가지 질문지로 작가의 겉만 핥고 지나가는 엉성한 대담이 아닌 것이다.

초대된 작가들은 『닥터 지바고』의 보리스 파스테르나크를 비롯하여 파블로 네루다, 헤밍웨이, T. S. 엘리엇, 아서 밀러, 로버트 프로스트, 윌리엄 포크너, 해럴드 핀터 등 그 누구라 할 것 없이 진정 20세기를 대표하는 문학의 거장들이다. 그 책 안에 놀라운 대목이 한두 군데가 아니지만 특히 감명받은 대목에 이런 이야기가 있다.

북부 뉴욕 코네티컷에 사는 한 작가가 백악관의 저녁 초대를 받는다. 존슨 대통령이 함께 만찬을 하자고 전용 헬리콥터를 보내겠다는 전갈을 해온 것이다. 그런데 그 작가는 조금 망설일 겨를도 없이 가벼이 거절을 한다.

"내가 백악관에서 저녁을 하게 되면 나의 마당에서 자라는 거위 200마리가 저녁 모이를 굶어야 하거든요."

정말 부럽고 멋있는 작가의 모습이 아닌가. 이런 대목에서 나는 나의 흐트러진 작가 혼을 다시 추스르곤 한다. 나에게도 혹시 청와대에서 저녁 초대가 오면 그렇게 대답하기 위해서라도 우선 거위부터 기르고 있어야 할 것 같기도 했다.

그러던 어느 날이었다. 한 문학 잡지에서 전화가 왔다. 대통령이 특별히 시인 몇 분과 함께 청와대 후원에서 시 낭송도 곁들여 저녁을 하고 싶어 한다는 것이었다. 문학잡지 대표는 이제는 문민시대가 왔으니 정치가들도 문화에 더 많은 관심을 갖고 싶어 하며, 이 기회에 문화계의 고충도 들어보고자 한다고 했다.

사실 그때 그 대통령 또한 군인 출신 대통령이었다. 하지만 지난 정권들과는 달리 문화예술도 이해하고자 하는 선의에서의 초대라는 것은 충분히 알고도 남을 것 같았다. 나는 얼떨결에 대답을 하고 곧바로 청와대에 들어가는 신분증 번호 등을 말해주었다.

그러나 문득 나는 아직은 그곳에 진심으로 가고 싶어 하지 않는 나 자신을 느낄 수 있었다. 저녁 모이를 줘야 할 거위를 걱정하던 뉴욕의 작가를 떠올린 것은 물론 그다음이었다. 나의 마음속 어딘가에 청와대에 들어가 시 낭송을 함께 즐기고 만찬을 하고 싶은 마음이 없다는 것을 확실히 알았다.

세계적인 정치가 중에 마오쩌둥이나 넬슨 만델라처럼 본인이 직접 상당 수준의 시를 쓴 정치가도 있었고, 그 외에도 정치와 시가 멀지 않음을 알지만 대부분 정치인이 시를 갑자기 인용하거나 즐기고자 할 때는 그 권력의 광택제 정도로 활용하는 것을 많이 보아왔던 때문만도 아니었다. 아무튼 나는 마음이 내키지 않았다.

나는 곤지암에서 도자기를 굽는 분과 오래전부터 선약이 있어

갈 수 없다는 궁색한 변명을 대고는 결국 그날 저녁 청와대 초대에 참석을 하지 않았다. 그러나 곧 얼마 안 가서 내가 얼마나 어설픈 수준의 유치한 시인이요, 어설픈 반골이며, 나약한 지식인임을 스스로 확인했다. 그다음 날부터 은근히 그것을 자랑하고 싶은 마음이 드는 것이었다.

몇몇 미숙한 운동권이나 은근히 으스대는 민중 시인들 앞에서는 물론 심지어 치과나 은행에서 "○○번 손님!" 하고 나를 부르면 속으로 "내가 이래 봬도 청와대 만찬 초대를 거부(?)한 시인"이라고 슬며시 발설하고 싶은 마음이 휘익 스쳐가는 것이었다. 나는 정말 어쩔 수 없을 만큼 가련한 스나브였다.

나는 그것을 시로 썼다. 「초대받은 시인」은 그렇게 태어났다. 고상한 체, 잘난 체하는 속물, 한 사람의 유치한 스나브 시인을 있는 그대로 폭로하고 묘사한 것이다. 이 시는 영어와 독일어 등으로 번역되어 그 후 외국 시인들의 관심을 모으기도 했다. 이 시에서 특히 눈에 띄는 시어는 "글창녀"이다. 이런 극단의 묘사 속에 단순히 웃음으로 넘길 수만은 없는 나의 시대 의식과 아이러니와 고뇌가 숨어 있다고 변명하고 싶다. 그런 시대를 우리는 거쳐왔다.

'청와대'는 우리나라를 대표하는 인물이 일하는 집이다. 지금 이 순간에도 그 집의 주인이 되고 싶어 목숨을 걸고 뛰는 사람들이 있다. 그러나 진정한 작가는 그곳의 주인이 누구이든, 그런 것 따위에는 신경을 쓸 겨를도 없이 글을 쓰기에 바빠야 할 것 같다. 이 말은 작가가 사회 정의에 눈을 감아야 한다거나, 무관해야 한다는 말과는 다른 말이다.

> 예술가는 악마에게 쫓기는 짐승입니다. 그는 왜 악마에게 선택되어 쫓기는지를 모르고 너무 바빠서 그런 것을 생각할 여유조차 없습니다…… 예술가의 유일한 책임은 예술에 대한 것뿐입니다. 훌륭한 작가라면 철저히 무자비해져야 하죠…… 누가 내 작품을 읽는지 궁금해할 시간조차 니에게는 없어요, 나는 내 작품이나 다른 어떤 사람에 대한 다른 사람들의 견해는 신경을 쓰지 않아요.

『나의 삶 나의 문학』에 실린 윌리엄 포크너의 말이 가슴을 친다. 작가란 99퍼센트의 재능, 99퍼센트의 훈련, 99퍼센트의 노력에 의해 이루어진다고 말한 것도 그였다. 순전히 연습, 연습만이 전부라는 말이다.

가을이다. 나도 나의 '글의 집'에서 다시 시작해야겠다. 어느 선술집에 가서 오랜만에 진자노 베르무스 한잔을 하고 싶었지만 그것 또한 해찰이다 싶다. 나의 글쓰기는 아직 멀었고, 나의 가을은 아주 짧을 것 같기 때문이다.

정치가들도 시를 좀 알아야 하지 않겠느냐며

군인 출신 대통령이 저녁 초대를 한 날

청와대 뜰로 들어가는

신분증 번호를 대다 말고

나는 그만 돌아서 버렸다

나를 시인이라고 알지 말라

나는 글창녀니라

죄 없는 아이들에게 소리 지르며

값싼 원고에 매달려 중노동으로 살아왔지만

그 순간 시인이 되고 싶었다

백악관 저녁 초대를 갔다 오면

뜰에 기르는 거위 2백 마리가 저녁을 굶을까 봐

가벼이 거절했던 북부 뉴욕의 한 작가처럼

모이를 줘야 할 거위 한 마리 내게는 없지만

대통령의 저녁 초대에 나는 못 간다고 말했다

그러나 곧 내 속에 숨은

또 하나의 얼굴이 기어 나왔다

그러고는 무슨 의연한 선비나

서툰 운동권 같은 폼을 잡는다

나 군인 대통령의 청와대 초대를 거절했노라고

은근히 그것을 선전하고

으스대고 싶어 전신이 마구 가려웠다

밤새 그 시인의 몸을

날카로운 손톱으로 긁어 주었다

문정희,
「초대받은 시인」

우드스톡의
아침

우드스톡이라는 지명을 떠올리면 자유
와 젊음이 폭죽처럼 쏟아지던 우드스톡 록 음악 페스티벌이 먼저
떠오른다. 하지만 내가 뉴욕 공항에서 차를 달려 우드스톡에 도착
한 것은 눈 쌓인 한겨울, 그것도 자정을 훨씬 넘긴 시간이었다. 새
해가 막 지난 몇 해 전 겨울이었다. 늦은 시간에 배정된 비행 스케
줄 때문이었지만 자유로운 예술 마을 우드스톡은 그렇게 눈 쌓인
검은 밤 속에서 나와 조우했다.

나의 시집 『찔레』를 'Windflower'라는 제목의 시집으로 영역한
최월희 선생의 주말 주택을 찾아간 것이었다. 시차에 지친 몸을 잠
시 침대에 눕히는 둥 마는 둥 하고 어느 사이 뿌옇게 밝아오는 창문
을 열었더니 평화롭고 아름다운 우드스톡이 천국처럼 눈앞에 펼쳐

졌다. 원시림 사이로 소복이 쌓인 눈 위에 찍힌 사슴 발자국마다 햇살이 꽃잎처럼 피어 있었다. 나뭇가지에 쌓인 눈송이가 무게를 더이상 감당하지 못하고 땅에 떨어질 때마다 새들이 화들짝 날개를 펴고 먼 허공으로 날아올랐다.

우리는 곧 거실 통나무 식탁에 둘러앉아 한국어로 된 시를 영어로 옮길 때 생기는 여러 문제점을 꺼내놓고 진지하게 토론을 하기 시작했다. 공역자인 로버트 학스 선생의 깊고 넉넉하고 사람 좋은 미소 속에서 그동안 미루어두었던 문제들이 하나하나 정리되어갔다. 이 통나무 식탁은 말하자면 한국의 시가 영시로 몸을 바꾸는 의미 있는 징검다리인 셈이었다.

물론 이 지리에 이르기까지 몇 년 동안 한국과 미국을 사이에 두고 우리는 이메일과 전화로 많은 것을 조율했던 터였다.

오후 늦게야 작업을 겨우 마무리하고 나는 난생처음 그분들을 따라 요가를 했다. 그리고 눈 속에 지어놓은 별채 스팀통 속으로 들어가 물방울로 목욕을 했다. 거실에는 로버트 씨가 직접 도끼로 패놓은 장작이 벽난로 속에서 불꽃을 일으키며 신선한 숲 향기를 내뿜었다. '사람이 이렇게도 사는구나!' 싶었다. 서울에 두고 온 바쁜 일상들이 해독하기 힘든 전생의 기억처럼 까마득하니 떠올랐다. 결코 부자가 아니지만 단순하고 정갈하고 지적인 삶을 사는 두 부부의 모습은 감동을 불러일으켰다. 정말 잊을 수 없는 정경이었다.

우드스톡의 만남 이후 얼마 안 가 드디어 나의 시편들은 한 권의 영문판 시집으로 묶여 세상에 나왔다. 뉴욕 맨해튼 10번가 오래된 인문 서점 세인트 마크 북숍의 쇼윈도에도 꽂혔고, 메트로폴리탄 박물관 책 코너에도 진열되었다. 아름다운 여인이 큰 항아리를 들여다보고 있는 김원숙 화백의 표지 그림이 시집을 더욱 돋보이게 만들었다.

두 번역자의 노력으로 나는 쿠퍼유니언 대학의 메모리얼 홀 무대에서 시 낭송을 할 수 있는 기회도 얻었다. 마침 이 대학 부학장이기도 한 로버트 씨의 특별 배려였다. 시 낭송을 겸한 출판 기념행사가 열린 이 공간은 링컨 대통령이 최초의 대중연설을 한 홀이어서 문화재로 등록되어 있다고 했다.

그날 메모리얼 홀에는 뜻밖에도 많은 뉴요커 시인들과 한국 출신 예술가들이 참석하여 작은 축제 분위기를 자아냈다. 나는 무대에 올라가 「찔레」라는 시를 한국어로 읽으며 감격에 목이 꺽꺽 메어오는 것을 간신히 억제했다.

시를 낭송하는 동안 나는 내내 가난과 열망으로 허우적거렸던 젊은 날들이 아프게 떠올랐다. 천둥벌거숭이로 2년 동안 뉴욕을 떠돌다 지친 몸으로 한국에 돌아와서 이 시를 썼다. 그때 한국은 세계에서 몇 손가락 안에 꼽히는 부채 국가였고, 광주민주화운동의 후유증이 채 가시지 않아 암울하기만 했었다. 또한 남북 이산가족 찾기 방송이 나간 후여서 누구라 할 것 없이 부끄러움도 잊고 많이도 눈물을 흘린 시기이기도 했다. 그러므로 이 시는 단순히 남녀 간의 사랑을 읊은 시가 아닌 것이다.

나중에 들은 얘기지만 미국에 유학생으로 왔다가 그만 한국에 돌아가지 않고 미국에 눌러앉아 교포로 살아가는 한 여성은 한국어가 코리아타운에서 듣던 생존을 위한 언어가 아닌, 한 편의 시로서 울려오는 것을 콧대 높은 뉴요커 시인들이 경청하고 있는 것이 감격스러워 속으로 울었다고도 했다.

이렇듯 최월희 선생은 기회 있을 때마다 한국문학과 나를 아낌없이 지원해주었다. 아니 한국의 시를 미국에 제대로 상륙시키기 위해 진심을 다했다. 정교하고 탁월한 안목을 가진 학자로서 그녀는 한국문학에 대해 누구보다 깊은 사랑을 가지고 있는 분이었다.

발랄한 K-POP의 상륙도 좋지만 여러 장르의 예술과 문학이 함께 소개되어 한국이 균형 있는 문화국의 면모를 제대로 보여주기를 진심으로 바란 그녀였다.

한번은 한국을 여행하며 유명한 문화 유적지의 안내문과 심지어 카페와 식당 메뉴판에 잘못 표기된 영문들을 일일이 빼곡하게 적어와 시급히 고치지 않으면 안 된다며 조금 조바심을 치기도 했다. 잭 케루악의 연인이 살았다는 작은 아파트 다락방을 부러워하는 나에게 기꺼이 그 방을 내준 적도 있고, 허드슨 강가에 있는 '시인의 집'에 데리고 가서 디렉터에게 나를 소개하며 상설 전시관 한쪽에 한국 시인의 시집을 전시해둘 수 없을까 애를 썼다.

어느 해 봄인가 다시 뉴욕에 간 나는 차이나타운에서 그녀와 저녁을 먹었다. 이 거리에서 최초로 에스프레소를 끓였다는 100년이 넘은 카페에서 차를 마시고 맨해튼을 함께 걸었다. 여느 때처럼 그녀는 나에게 세계적인 감독들의 새 영화와 신간들을 소개하며 수준 높은 자극을 주었다. 우드스톡에 가서 며칠 쉬며 책을 읽고 그때처럼 다시 맑은 아침을 맞고 싶다는 나에게 예의 화장기라곤 없는 지적이고도 잔잔한 미소로 꼭 한 번 다시 가자고 약속해주었다.

그러나 그 약속은 영원히 지켜지지 못하게 되었다. 그녀가 갑자기 타계한 것이다. 그것도 우리가 다시 가자고 약속했던 그 우드스톡의 숲에서였다고 한다. 산책을 하기 위해 자동차를 주차시키고 막 숲 속으로 걸어가려던 순간 쓰러진 것이다. 거짓말 같은 이 현실을 한동안 받아들이지 못해 로버트 씨는 미국인답지 않게 심하게 허둥거려서 주위를 더욱 안타깝게 했다고 한다.

최월희 선생의 타계 소식은 나에게 한쪽 팔이 떨어져 나간 듯한 슬픔과 허전함을 안겨주었다. 번역서로『기생 시집 *Song's of Kisang*』과 정현종 시집과 나의 시집을 남겼다는 약력과 함께 그녀의 죽음을 보도한 한국의 한 일간지는 한국문학을 미국 문단에 알리려고 노력한 분이라는 말을 빼놓지 않았다. 좋은 가정의 명민한 딸로 태어나 최고의 대학에서 공부를 하고 미국에 가서 대학교수가 된 자랑스러운 엘리트 한 분이 이렇게 홀연 떠나버린 것이다.

우리들의 아름다운 우드스톡의 아침은 다시 만날 수 없게 되었다. 자유와 젊음이 물결치던 우드스톡의 록 음악이 사람들의 기억 속에 살아 있듯이 우리들의 열정과 사랑으로 만든 작은 시집이 지

꿈결처럼

초록이 흐르는 이 계절에

그리운 가슴 가만히 열어

한 그루

찔레로 서 있고 싶다

사랑하던 그 사람

조금만 더 다가서면

서로 꽃이 되었을 이름

오늘은

송이송이 흰 찔레꽃으로 피워 놓고

먼 여행에서 돌아와

이슬을 털 듯 추억을 털며

초록 속에 가득히 서 있고 싶다

그대 사랑하는 동안

내겐 우는 날이 많았었다

아픔이 출렁거려

늘 말을 잃어 갔다

오늘은 그 아픔조차

예쁘고 뾰족한 가시로

꽃 속에 매달고

슬퍼하지 말고

꿈결처럼

초록이 흐르는 이 계절에

무성한 사랑으로 서 있고 싶다

문정희,
「찔레」

금 나의 서재 한 귀퉁이에서 많은 이야기를 자아내고 있을 뿐이다.

살아 있는 모든 순간이 꽃이라는 말이 새삼 떠오른다. 이별이 있어 더욱 아름다운 것이 생이라는 말도 떠오른다. 새 달력 앞에서 생명과 희망을 말하기보다 이렇듯 다시 만들 수 없는 아프고 그리운 순간들을 먼저 떠올리는 것은 왜일까? 아니, 제대로 산다는 것은 무엇일까? 생이란 끝없는 질문이 전부인가?

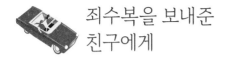

죄수복을 보내준
친구에게

창밖에 찬바람이 부는 것을 보니 문득 비애가 스쳐갑니다. 아니, 비애가 아니라 그리움입니다. 다시 가을인가 봅니다. 인디애나 집 넓은 당신들의 마당에는 지금 어떤 열매와 꽃들이 피어 있는지요. 햇빛 알레르기가 심한 내가 빨간 우산을 쓰고 토마스 씨가 모는 지붕 없는 달구지 차에 실려 포도농장으로 와인을 사러 갔던 저녁이 떠오릅니다. 그 차 이름이 '모든 지형에서 가는 차all terrane vehicle'라고 했지요.

정원 한쪽에 서 있던 작고 투박한 차가 골짜기이든 바위든 절벽이든 막힘없이 다니는 차라니요. 마치 화가 김원숙이 전시를 하러 세계 구석구석을 막힘없이 다니듯이 말입니다. 물론 이것은 지역에 대한 이야기가 아니라, 자유와 사랑에 대한 이야기이기도 합니다. 우리가 그동안 함께 만든 재미있는 사건과 경험들이 정말 한두 가지가 아니지만 오늘 이 편지는 시칠리아의 추억으로 갑니다. 그러나 시칠리아 얘기를 쓰기 전에 잠깐 할 얘기가 있어요.

베네치아에 3개월째 머물고 있는 나를 위해 원숙 씨가 뉴욕 플러싱 한인타운 슈퍼마켓에서 사 들고 온 돌산 갓김치 얘기입니다. 원숙 씨의 이런 우정을 누가 감히 흉내나 낼 수 있겠어요. 이탈리아 베네치아에서 뉴욕 슈퍼마켓에서 산 여수 돌산 갓김치를 맛보며 나는 다시 한 번 글로벌을 살고 있음을 실감했지요. 하지만 떠돌다가 떠돌다가 그리워하다가 이제는 그만 김치가 그립지 않을 만치 변해버린 나의 혀에 절망하기도 했어요. 그리움에 지치고 외로움에 허기가 져서 이제 아무거나 입에 들어오는 대로 받아먹는 창녀가 되었다고 시에서 과장된 표현을 하기도 했으니까요.

내가 머물고 있던 리도의 집에서 10분 거리에 있는 베네치아 비엔날레를 보고 실험과 새로운 정보에 대해 강박관념처럼 매달린 현대 예술들을 비판했던 기억도 납니다.

내가 북부 뉴욕 작가촌 레딕 하우스에 있을 땐 글 감옥에서 글 많이 쓰라며 죄수복 빛깔의 푸른 잠옷을 보내주더니 이번에는 이렇게 김치를 사 들고 특별 면회를 와준 우정! 정말 감동입니다. 누군가는 경제적인 구애가 없기 때문일 거라고 하겠지만 사실 그것은 어림도 없는 얘기입니다. 원숙 씨만이 가능한 어떤 특별함입니다. 그 우정의 축복을 받는 사람이 나이고요.

우리는 대뜸 탈영병들처럼 베네치아를 빠져나와 시칠리아로 갔었지요. 더구나 우리 둘 사이에 피아니스트 김원미 씨가 함께했고, 그녀의 능통한 이탈리아어가 함께했으니 우리는 정말 겁날 것이 없었지요. 마치 페미니스트 로드무비 〈델마와 루이스〉처럼 여자 둘이 아니라 셋에서 거침없이 질주를 할 수밖에요. 오직 손으로 끄는 짐 한 개가 각자에게 허용이 되는 실용적인 비행기 라이언 에어도 참 인상적이었어요.

팔레르모 공항에 내려 겁도 없이 마피아로 유명한 그 섬을 렌터카로 휘젓고 다녔습니다. 마피아는커녕 원형적인 아름다움을 고스란히 간직한 도시 팔레르모는 마치 고향에 온 듯이 가슴이 아리도록 정겨웠습니다. 길 가다가 옷감을 파는 가게에서 화가답게 원숙 씨가 재미있는 무늬의 헝겊을 발견하고 흥정하고 있을 때 나 또한 스카프로 둘러도 좋을 것 같은 자투리 헝겊을 들고 값을 묻자 그냥 가지라며 내 가방에 넣어주는 시칠리아의 비단 장사 아저씨도 쉽게는 잊지 못할 것 같습니다.

드디어 아글리젠토 빌라 아테나에 도착해서 우리는 큰 환호를 토했지요. 세상에서 본 풍경 중에 단연 최고의 풍경이었습니다. 야자수 숲 건너 언덕에 환영처럼 떠 있는 고대 그리스의 신전은 경이로움, 그 자체였습니다. 마침 달이 떠오르는 시간, 올리브나무 사이에 누워 밤하늘과 신전을 한없이 바라보았지요. 세상을 이렇게도 살 수 있는 것을…… 바쁘게 쫓기며 분노하고 상처 입고 살았던 시

간들이 덧없이 흘러내리는 것 같았어요.

물방울을 피워서 목욕을 즐기는 안개 욕탕에서 나와 꿈처럼 잠을 자고 아침에 일어났을 때 원숙 씨가 내 머리에 살며시 꽂아놓은 하얀 재스민 꽃향기……. 나는 그것을 꽂은 채로 올리브 정원을 걸어 식당으로 갔네요. 식당 바닥이 유리로 덮여 있었어요. 그곳이 고대 우물터여서 그렇게 보존하고 있다고요. 기원전의 항아리와 무기의 파편들이 몸을 반쯤 지상에 드러낸 채 기원전의 역사를 증언하고 있었지요. 시칠리아에 살았다는 여성 시인 사포가 이 항아리로 물을 길렀을 것 같아 문득 가슴이 두근거렸습니다.

그런데 식당 창가 자리에는 보석으로 치장한 노부부가 사자만큼 큰 개를 데리고 와서 식사를 하고 있었지요. 은스푼으로 아이스크림을 개에게 떠먹이는 그 부인을 속으로 마구 미워하고 있는데 원숙 씨가 거침없이 지배인을 불렀어요.

"저분들이 내일 아침에는 몇 시에 아침 식사를 할 것인지 물어봐주실래요?"

순간 당황하여 머뭇거리는 지배인에게 원숙 씨는 웃으며 이렇게 말했지요.

"나는 그 시간을 피해 아침을 먹고 싶어요."

소피아 로렌의 딸같이 생긴 젊은 처녀가 일하는 바닷가 식당, 디오니소스의 큰 귀가 있는 시라쿠사에서 화가인 김원숙 씨가 특별히 오래 발을 멈춘 곳은 부랑자 같은 화가 카라바조의 그림이 있는 성당이었습니다. 나는 유리가 없는 이상한 안경 하나를 골동품 가게에서 사서 쓰고 골목을 여기저기 돌아다녔고요. 아마도 우리는 기원전 이 도시에서 유명한 말 "유레카!"를 외쳤던 아르키메데스처럼 무언가를 발견하고 "찾았다!"라는 말을 한번 크게 외치고 싶었던 것은 아닌지 모르겠습니다. 시종 굵은 빗방울로 우리를 맞고 송별해주는 시라쿠사에서 그렇게 좀 특별한 영감을 얻고 싶었던 것은 사실인 깃 같습니다.

시칠리아는 그렇게 우리 가슴으로 밀려들어 왔습니다. 시칠리아에는 〈대부〉도 유명하지만 뤽 베송 감독이 영화 〈그랑블루〉를 이 시칠리아 타오르미나에서 촬영을 했다는데, 거기는 어디쯤의 절벽일까, 자꾸 깊은 바다를 내려다봅니다. 우리 고대 시가에 나오는 「공무도하가」의 백수광부처럼 바닷속으로 끝도 없이 밀물 쳐 들어가는 자크 마욜! 아름다움에 사로잡힌 영혼을 가진 신화 속의 디오니소스가 눈앞에 자꾸 떠오릅니다. 시라쿠사 동굴에 있는 디오니소스(로마 신화의 바쿠스)의 거대한 귀에서 들려오던 웅웅 소리는 바로 우리들의 심장 소리였습니다.

마지막 여정으로 전부터 점찍어 놓은 스트롬볼리 섬은 할 수 없이 미래의 여정으로 남겨놓았지요. 들어갈 수는 있는데 자칫하다간 날씨 관계로 섬에서 빠져나오기가 힘들다는 그곳! 웬일인지 그곳만 다녀오면 시가 활화산처럼 써질 것 같았지만 그 대신 활화산에트나의 이미지만 시어에다 슬쩍 끼워 넣었습니다.

다시 베네치아 공항에서 원숙 씨는 미국 비행기로 뉴욕을 거쳐 인디애나로 가고, 원미 씨는 자동차로 볼로냐로 가고, 나는 배를 타고 리도로 돌아갈 때 원숙 씨가 내 가방에 넣어준 잠옷은 지금도 글 쓸 때면 꼭 입곤 해요. 원숙 씨 말처럼 그 부드럽지만 검은 잠옷은 시인의 글 감옥에 어울리는 아름다운 또 하나의 죄수복이니까요.

써놓고 보니 화려하기만한 편지네요. 하지만 원숙 씨가 어린 나이에 유학 가서 판화를 공부할 때 잘려나간 새끼손톱을 나는 알아요. 밤늦게 패스트푸드점에서 일할 때 시간이 지나면 곧 폐기 처분하는 햄버거를 주인 몰래 싸다가 가난한 나라에서 온 유학생 친구들과 나누어 먹은 이야기도 알아요.

그 친구 중에 한 사람은 자기 고국으로 돌아가 현재 장관이 되어 있다는 미담도 참 즐겁네요. 더구나 구김 없이 밝게 잘 길러낸 두 입양 자녀들, 고독과 상처와 슬픔의 이야기는 정말 훗날 하기로 해요.

"인간의 사랑이 얼마나 깊고 아름다울 수 있는가." 하는 것을 몸으로 보여준 참 좋은 내 친구여!

딸이
잠드는 거실

                끝없이 펼쳐지는 옥수수밭을 지나서 나는 드디어 큰 도시에 당도했다. 내가 잠시 살고 있던 대학도시 아이오와 시티를 벗어나 세 시간을 운전하여 찾아간 도시의 이름은 다름 아닌 시카고였다. 나는 거기에 한 그림 전시를 보러 갔다. 이 화가는 어린 시절 교육자인 아버지를 따라 잠시 한국의 전주에서 살았다고 하는 미국인 친구 팀 놀리였다. 그는 한국의 검정 고무신 신은 공장 소녀들과, 연탄가게와 이발소가 있는 땟국물 전 정겨운 변두리 골목을 아직껏 잊지 않고 그의 그림 여기저기에다 잘 묘사해 놓고 있었다.

      그날 저녁 우리는 팀 놀리의 저녁 초대를 받고 그의 집을 방문하게 되었다. 정갈하기 이를 데 없는 가난한 살림이었다. 조용한 그의 아내가 정성껏 차린 샐러드 접시를 놓고 우리는 식탁에 둘러앉았다. 그가 모두를 위해 잠시 기도를 하고 싶어 했다.

"감사합니다. 무엇보다 먼저 우리의 아름다운 결실인 저 소중한 딸을 주신 신에게 감사합니다."

나는 그가 결실이라고 표현하는 것이 당연히 전시회에 걸린 그의 아름다운 작품들일 거라고 생각하고 있다가 '딸'이라는 말에 순간 정신이 퍼뜩 들었다.

비로소 그의 거실 한쪽 소파에 마치 담요를 뭉쳐놓은 듯 꼼짝 않고 누워 있는 한 물체를 발견하고 나는 깜짝 놀랐다. 여덟 살 때부터 발병하여 지금 10년째 말 그대로 식물처럼 누워 있는 딸이었다. 그래도 그는 분명 "감사하다"고 깊고 떨리는 목소리로 기도를 하지 않는가? 더구나 "우리의 아름다운 결실"이라는 말도 잊지 않았다.

나는 뭉클한 충격에 휩싸였다. 감사하다고? 아름다운 결실이라고? 나는 다시 한 번 그의 딸이 누워 있는 소파를 쳐다보았다. 10년이라는 시간을 저런 모습으로 존재하는 저 아이를 두고 그들 부부가 치렀을 그 무수한 천국과 지옥을 상상해보았다. 정말이지 감사는커녕 신과 운명을 수천 번을 원망하고도 남는 상황이 아니었을까. 아니, 신이 계시다면 당장 그의 멱살이라도 잡고 싶을 것 같았다. 진정한 감사란, 도저히 감사할 수 없다고 생각되는 그런 것을 진실로 감사하는 마음이라고 한 말을 애써 떠올렸지만 그날 밤 팀 놀리의 집에서 받은 충격은 너무 컸다.

결실이란 꼭 탐스럽고 자랑스러운 모습으로 오는 것이 아닐 수도 있구나. 나는 내내 그런 생각을 해보게 되었다.

그러고 보니 사방에 맺힌 자연의 가을도 그런 것이었다. 우리가 흔히 풍성한 결실이라고 표현하지만 기실 그 안에는 병충해를 입은 것들과, 반쪽밖에 햇살을 받지 못한 것들과, 작고 빈약한 것들도 수두룩하다. 세상 어디에도 완성된 것은 없을지도 모른다. 다만 경건한 존재와 경건한 변화가 있을 뿐이다.

그들은 누운 딸이 초경을 했을 때, 신의 손길을 느꼈고 온 식구가 환호성을 질렀다고 했다.

원인도 모르는 병을 치르는 동안 이제는 몸이 너무 커진 이 이상 비대의 그의 딸 곁으로 내가 다가가자 팀은 속삭이듯 아니 한 편의 시를 읽듯 "그녀는 지금 잠자고 있다."며 미소를 지었다. 그의 딸은 이렇게 10년 동안 한 자리에 꼼짝도 않고 누워서, 그의 가족을 성가족으로 만들어놓은 것 같았다.

기실 나는 팀 놀리가 그의 집에서 저녁 식사를 하자고 했을 때 조금 불만이었다. 그동안 내가 머물던 기숙사의 형편없는 메뉴에서 놓여나 오랜만에 멋진 레스토랑의 저녁 식사를 꿈꾸었기 때문이었다. 하지만 몇 잎의 채소만 차려진 그 집의 식사, 딱딱한 빵 한 쪽을 그들의 아름다운 결실인 딸 곁에서 조용히 먹고 일어섰을 때 나는 휘청 현기증을 느꼈다.

풍요한 것, 많이 소유하고 많이 소비하는 것, 빠른 것, 적어도 인간의 삶이 이런 것을 목표로 할 수는 없다는 것을 확실히 확인할 수 있었다.

그 후 나는 가을바람이 코끝을 건드리면 뭉클 시카고의 그 가족을 떠올린다. 옥수수밭이 끝없이 펼쳐지는 아이오와 벌판과, 나의 생*이 휘청 현기증을 느꼈던 그 감동적인 순간들을 떠올린다. 끝없이 불던 들판의 바람, 내 영혼이 소독되는 듯한 가을 냄새, 얼굴이 하얀 화가 팀 놀리 가족의 한없이 겸허한 모습, 소중하고 아름다운 결실인 딸이 누워 있던 소파.

정말 풍성한 결실의 계절이었음에 틀림없다.

그로부터 10년이 지난 얼마 전, 나는 미국에 사는 친구로부터 놀라운 소식을 들었다. 팀 놀리의 그 딸이 여전히 그 모습으로 살아 있다는 것이었다. 그렇다면 그 아름다운 가족의 겸허한 기도도 여전히 계속되고 있겠다는 생각에 가슴에 갑자기 환한 별무리가 부서지는 것 같았다.

인연은
오묘하고
질긴 것

한국시의 신화: 미당과의 만남 1

예술가는 허虛 속으로 자기 몸을 무너뜨
릴 줄 아는 존재라고 한다. 성취보다는 절망이, 쭉 뻗은 길보다는 아
찔한 벼랑이 현주소인 문학의 마을에서 한 생애를 살고 있다. 아마
도 죽는 날까지 이 마을에 살게 될 거라는 슬프고도 기쁜 예감에 사
로잡힌다. 나는 삶 전체를 문학으로 밀봉하고 늘 벼랑 앞에 서 있다.

모든 예술가에게는 창조의 영감을 가져다준 뮤즈가 있다. 보통
뮤즈는 사랑과 매혹의 대상이고 예술가의 생애에 절대적인 영향을
끼친 존재이다. 특히 시인에게 있어 사랑의 존재는 그 자체가 시가
되고 눈동자가 되고 광기가 된다. 불멸의 노래가 되어 보석처럼 사
람들의 가슴에 남아 영원히 빛난다. 그 대상은 물론 첫째로 연인일
때가 많지만 아내나 남편이 되기도 하고, 친구이기도 하고, 스승일

때도 있다. 시인으로서 나의 생애에 그런 매혹의 대상은 누구인가. 나는 나를 흔들었던 뮤즈를 그냥 만남이라고 표현하고 싶다. 예술가의 만남은 누군가의 말처럼 스캔들이 아니라 영감의 원천이다.

　미당은 나에게 하나의 신화이면서 육친이다. 미당 서정주 시인을 처음 만난 것은 내가 열일곱 살이던 1965년 초여름이었다. 아카시아 향내가 "사향박하의 뒤안길"처럼 어지러운 동국대 캠퍼스에서였다. 그날 그곳에서는 전국 고교생 백일장이 열리고 있었다. 나는 진명여고 3학년 학생으로 백일장에 나가 심사위원이 제시한 '프레카아드'라는 제목으로 시를 써서 장원에 뽑혔다. 물론 심사위원은 서정주 시인이었다.

　그분의 시가 교과서에 실려 있어 우리는 서정주라는 이름을 잘 알고 있었다. 유명한 시 "한 송이의 국화꽃을 피우기 위해 / 봄부터 소쩍새는 / 그렇게 울었나 보다"의 「국화 옆에서」의 서정주 시인을 나는 그날 그렇게 처음 만날 수 있었다. 시인이라면 목이 긴 사슴이거나 슬픈 소나무 같은 이미지를 상상하고 있던 나에게 미당은 오히려 커다란 산 같아 보였다. 시인 서정주라고 했을 때 느껴지는 서정적이고 따스하고 우수 어린 그런 이미지와는 달리 시인은 검은 테의 안경을 끼고 있었고, 느린 남도 사투리를 쓰고 있었다. 이상한 위엄을 갖춘 대가 시인이었다. 지금 생각해보니 미당은 그때 50세를 갓 넘긴 나이였다.

　"……두 동강이 나서 / 이젠 지표조차 희미해진 산하에 / 푸른

풍경화를 꽂자고 / 그리고 / 서투른 풍경화 같은 / 나이 어린 자유
여 민주여 / 결코 / 순백해야만 하는 / 어머니여 /……"

그날 내가 써낸 시 「프레카아드」는 대강 이런 내용이었다. 여고 3
학년 학생이 쓴 시라고 하기에는 지금 보아도 표현과 기교가 제법
돋보이지만 기실 그때 나는 고교 백일장을 휩쓴 문학소녀였다. 전
국의 백일장에서 수차례 장원을 한 탓에 상당한 유명세를 치르고
있었고, 팬레터를 받으며 한껏 우쭐해져 있었다. 시상식이 거행될
거라는 석조관 앞 잔디밭에 서 있는데 인솔교사였던 이우종 선생
님이 나를 미당 선생님께 소개했다. 미당 선생님의 첫 음성을 지금
도 잊을 수가 없다.

"이렇게 재주 있는 학생이 있다니……"

그분은 나의 등을 쓰다듬으며 이우종 선생님을 향해 이렇게 말
했다. "공덕동 집으로 이 소녀를 데리고 한번 놀러 오시오." 하는 것
이었다.

그 후 얼마 안 가 나는 미당 선생님 댁을 찾아갔다. 한 출판사가
고교생인 나의 시집을 내겠다고 하여 미당 선생님께 서문을 부탁
하러 간 것이다. 공덕동 형제약국 뒤 긴 골목을 따라 올라가니 그
끝에 수줍은 듯 작은 기와지붕을 한 대문이 나왔다. 마당에는 국화
꽃이 가득 피어 있었고 흰 무명옷을 입은 선생님과 가르마를 약간
옆으로 탄 역시 한복 입은 사모님이 나를 반갑게 맞아주었다. 문득
조선에 온 듯한 느낌이 들었다.

집 안을 아무리 둘러보아도 문명의 이기라고는 전기다리미뿐인

소박한 삶이었다. 창가에 항아리와 학을 그린 그림 한 점이 눈에 띄었다. 나중에 안 일이지만 그것은 친구인 수화 김환기 화백이 파리로 떠나며 선물로 준 것이었다.

미당은 나의 시집 제목을 '꽃숨'이라 지어 주었다. "'신월'이라고 할까 하다가 우리말로 가장 예쁜 첫 숨결을 '꽃숨'이라고 한다."며 그런 이름을 붙여주었다. "윤아, 여기 이 소녀 예쁘지? 우리도 민며느리 하나 삼아둘까?"하며 초등학교 3학년쯤 되어 보이는 막내아들에게 나를 소개하여 윤이가 몹시 부끄러워했다. 미당 선생님의 막내아들인 윤이는 지금 내과의사가 되어 미국에 살고 있다. 어린 꼬마 신랑과 처녀 신부가 주연인 제목이 꼬마 신랑인지 민며느리인지 하는 영화가 당시 화제를 모으고 있었다.

"여기 이 시집의 주인 문정희 양은 금년에 진명여고 3학년에 재학 중인 17세의 소녀로서……." 이렇게 시작되는 미당의 서문을 가진 나의 소녀시집 『꽃숨』은 그렇게 태어났다.

지금도 나의 서가 한편에 원시 종교의 제단을 괸 작은 돌멩이처럼 꽂혀 있는 시집. 인터넷 희귀본 코너에서도 쉽게 구할 수 없다는 이 시집은 풋콩처럼 풋풋하고 미숙한 어린 날의 내 문학의 싹을 간직한 시집이다. 아마도 한국 최초의 여고생 시집일 것이다.

이렇게 시작된 서정주 시인과의 사제의 인연은 2000년 12월 24일 그분이 타계하는 순간까지 36년 동안 지속되었다. 미당의 어떤 글에 보면 밭에서 자란 배추와, 산에서 자란 잣이 김치 속에서 만난 인연이라는 표현이 나온다. 눈에 보이는 인연이건 안 보이는 인연이건 인연은 참 오묘하고 질긴 것이다.

나는 몇몇 대학에서 제시하는 전 학년 장학 등의 입학 특혜를 뒤로하고 미당 선생님의 권유에 따라 그분이 교수로 재직하고 있는 동국대학교에 특별 전형으로 입학했다. 대학 입학 기념으로 선생님은 영어로 된 성경을 선물로 주셨다. 석가모니를 사랑하고 금강경을 좋아하는 불교인이었지만 그분은 틈틈이 성경도 열심히 읽었다. 나에게 영어 성경을 준 것은 특히 영어 공부를 게을리 말라는 뜻이 포함되어 있었다. 시를 열심히 쓰고 꼭 양행洋行을 하고 와서 큰 시인이 되라고 하셨다. 양행이란 서양 유학을 뜻한다.

대학 시절 미당 선생님은 편애에 가깝게 나를 사랑하셨다. 무엇보다도 "하늘 아래 네가 있도다!"라며 내 존재에 대한 자존감과 소중함을 크게 일깨워주셨다. 나는 그때 이 말을 "네가 최고다."라는 뜻으로 알았는데, 이것은 부처가 말한 "천상천하 유아독존"의 대자유인으로서의 인간 존재를 천명하는 말이라는 것을 차츰 알아갔다. 존재 하나하나에게 그가 지닌 본래의 존엄을 깨닫게 해주는 것 외에 더 멋진 일이 어디 있겠는가. 창작인에게 그 말은 가장 바탕이요, 가장 끝이었다. 그렇게 나의 문학 수업은 시작된 셈이었다. 자칫 문학을 열병처럼 앓거나, 재주로 일관할 뻔했던 나는 심청이가 인당수에 풍덩 빠진 후에 연꽃으로 크게 피어나듯, 본질로의 깊은 침잠을 시작했다. 그때 보들레르와 발레리와 말라르메 등 프랑스

내 마음속 우리 님의 고운 눈썹을

즈믄 밤의 꿈으로 맑게 씻어서

하늘에다 옮기어 심어 놨더니

동지섣달 나르는 매서운 새가

그걸 알고 시늉하며 비끼어 가네

서정주,
「동천」

상징주의 시인들에게 깊이 매료되어 있던 선생님은 나에게도 이런 책들을 권했고, 여러 고전의 치밀한 정독을 강조했다. 선생님은 새벽에 일어나 밀랍에 불을 켜고 시를 썼다. 나에게도 그런 집중을 강조했다.

미당은 언어에 대한 호기심이 강했다. 예를 들면 보들레르의 시를 사랑해서 프랑스어 공부를 했고, 나중에 천 개의 산 이름을 외고 러시아 유학을 떠날 때는 러시아어를 공부했다. 러시아어는 톨스토이가 사랑했던 언어이고, 당신이 좋아하는 작곡가 차이콥스키가 태어난 나라의 언어라고 표현했다. 보들레르의 「악의 꽃」과 미당의 대표작 「화사」의 영향 관계를 규명하는 논문이 여러 편 나올 정도로 그분은 스스로를 매혹시킨 어떤 사상이나 예술에 대한 탐닉을 집요하고 뜨겁게 치렀다. 톨스토이에게 탐닉하여 한때 다리 밑에서 쓰레기를 줍는 일도 한 적이 있다고 본인이 나중에 쓰기도 했다.

그런데 나를 만났을 즈음의 미당은 첫 시집 『화사집』과 『귀촉도』와 『신라초』 등을 거쳐 이제는 거친 호흡과 방황의 격랑이 많이 사라지고 난 뒤였다. 그래서 그야말로 먼먼 젊음의 뒤안길에서 돌아온 것처럼 넓고 호젓하고 여유로운 대시인의 모습이었다. 그즈음 시 「동천」을 써놓고 당신의 대표작은 「국화 옆에서」보다는 「동천」이라고 기뻐했다. 이상한 인광이 번쩍이는, 보통 사람은 쉽게 주시할 수 없는 천부의 눈빛으로 나에게 「동천」을 몇 번이고 낭송해주곤 했다.

비장한 첫소리와 남도적인 유장한 가락이 구렁이처럼 넘어가는 미당의 시 낭송은 소름이 돋을 만큼 전율적인 것이었다. 「동천」을 들으며 나는 진정으로 시인인 그런 시인이 되어야겠다는 생각을 몇 번이고 했다. 「동천」은 쉬운 시가 아니지만 미당 시 산맥의 절정이다. 가장 간절하고 지극한 것에 대한 범접 못 할 숭고미와 우주가 신비한 한국어의 가락으로 서술되어 있는 절창이다.

미당의 강의는 조금 느렸다. "오, 육체는 서러워라. 나는 많은 책을 읽었건만……." 미당은 강의 시간에 상징주의를 설명하며 말라르메와 발레리의 시도 소개했다. 서양 시인들의 표현과 기교와 고양된 시 정신을 설명했다. 그의 몸짓과 그의 목소리 자체가 주는 깊은 울림 때문에 학생들은 숨소리 하나 내지 않고 강의를 경청했다. 그런데 나는 선생님의 느린 어조와 심화된 시 해설이 언제나 조금 지루하기만 했다. 아마도 그때 나는 뜨겁고 혼미한 젊음을 앓고 있었는지도 모른다. 그래서 주로 딴생각을 하며 창밖의 하늘이나 신록에 더 많이 시선을 던지곤 했다.

한번은 강의를 막 끝낸 선생님이 검은 안경 속으로 강의실을 주욱 둘러보며 나를 찾고 있는 것 같았다. 그래서 선생님이 서 있는 강단 쪽으로 나갔다. 그러고는 강의 중에 선생님 몰래 슬쩍 빨간 매니큐어를 칠한 손톱을 보여드렸다.

"선생님 저 손톱 발랐어요."

"야, 은은하게 커튼만 드리우지 그랬냐? 손톱 속에 반달이 다 가

해와 하늘빛이

문둥이는 서러워

보리밭에 달 뜨면

애기 하나 먹고

꽃처럼 붉은 울음을 밤새 울었다

서정주,

「문둥이」

려지면 안 된다."

　미당은 이렇게 오직 시인이었다. 나는 미당 선생님께 시를 자주 보여드리거나 한 적이 없었다. 그냥 염화미소랄까, 그렇게 시인 공부를 했다. 마땅한 친구도 없고 눈이 번쩍 뜨이는 자극도 없던 대학 시절은 나에게는 하나의 관념의 숲이었다. 나는 크게 비상하고 싶었지만 늘 추락하기 일쑤였다. 그래서 있는 대로 멋을 내고 입술을 바르고 음악실에 앉아 있었고 쓸데없이 어려운 책을 끼고 다니며 나를 과장되게 혹사했다.

　미당의 시 가운데 나는 특히 천형과 비극적인 운명의 잔혹함을 읊은 「문둥이」를 좋아했다. 거듭 말하지만 나는 예술에 관한 한 천재의 것이 좋다. 미당은 타고난 천재와 직관, 격정적인 호흡을 지닌 시인이다. 그는 어린 시절부터 문단 데뷔를 대단하게 생각하지 않았다. 속으로 "데뷔 따위……" 이런 생각을 하고 있었다. 언제든 내가 원하기만 하면 세상을 깜짝 놀라게 할 만한 명작으로 등단할 거라고 속으로 큰소리를 쳤다. 그러다가 괜히 좀 초조한 마음이 들기 시작한 4학년 여름, 새로 창간한 《월간문학》에 「불면」, 「겨울나무」 두 편을 응모하여 당선하여 무난히 제도적 등단 절차를 완료했다. 서정주, 박목월, 박두진, 이동주 시인이 심사위원이었다.

　"선생님, 어떤 남자애가 자꾸 좋아져요."
　어느 날 나는 미당 선생님께 내가 사랑에 빠졌음을 고백했다. 선생님은 순간 놀라는 듯했다. 그러나 예의 그 느린 웃음을 만면에 띠

고는 "어떤 사내냐?" 하고 물었다. 나는 흔히 말하는 현실적인 어떤 조건보다는 되도록 선생님이 좋아할 만한 쪽으로 설명을 했다.

"몸이 아주 건강하고, 뚝심이 있어 보이는 사내……"라고 했다.

"네 짝이 아니다. 꽃 피기 전에 잊어버려라."

선생님은 단호하게 말했다. 그리고 양행을 마치고 와서 좋은 시를 쓰는 큰 시인이 되어야 한다고 또 강조했다.

"조선 500년에 황진이가 있지만 기껏해야 10여 수 내외의 시가 전부이지 않느냐. 너는 이 시대에 최고가 되거라. 그러면 그것은 단군 이래 최고의 여성 시인이 되는 거다."

나는 한 계절이 흐른 후 다시 선생님 앞에 섰다.

"선생님, 꽃이 피었는데도 안 잊혀요."

그때는 학교를 마치고 새로 생긴 여성 잡지의 기자로 일하고 있을 때였다. 선생님은 결국 나의 결혼식 주례를 하게 되었다. 하객들이 무슨 문학상을 축하하러 온 착각을 할 정도로 신부인 시인 문정희의 문학적 재능에 대해 칭찬하고 또 칭찬을 했다. 선생님은 그 후 어느 글에다 이런 마음을 남겨놓았다.

"문정희가 시집가는 날, 나는 결혼식 주례석에서 시경의 한 구절을 내 마음의 선물로 준 일이 있다…… 지자우귀 의기가인之子于歸 宜其家人하니 즉 이 시악시 시집가니 그 주변과 위아래 사람들 두루 좋으려니와, 이 시악시 시를 쓰니 시를 볼 줄 아는 이들도 모두 시원스러움도다."

그즈음 미당은 시집『동천』이후에 새로 우리의 신화에 몰입하여 고향 질마재의 설화를 중심으로『질마재 신화』를 쓰고 있었다. 한국 시 정신의 절정을 노래한「동천」과 함께 시인으로서 최고의 사랑을 누리고 있었다. 오래 살던 공덕동에서 사당동 예술인 마을로 이사를 한 후 더욱 의욕에 차서 세계 여행 계획을 세우던 시절이었다. 새로 정착한 사당동 집은 바로 이웃에『소나기』로 유명한 소설가 황순원 선생이 살고 있었다.「고향의 봄」의 이원수 시인과「뜸북새」의 최순애 선생 부부의 집도 있었다. 그러나 미당은 이 집을 짓는 동안 상당한 빚을 져서 그것을 갚기 위해 여기저기 강연을 했고, 값싼 원고도 할 수 없이 많이 써야 했다.

사당동(현 남현동)에 집을 짓는 공사 현장을 보러 갔다가 햇살 아래 대패질을 하고 돌을 다듬는 목공이나 석수에게 "자네는 불국사를 창건한 신라 김대성이의 후예 같네 그려." 하시며 "술 한잔 묵게나." 하시곤 술값을 쥐여 주거나 또는 함께 술을 마시곤 했으니 집은 부실 공사였고 돈은 끝없이 들어갔다. 제법 큰 상금이 따라오는 문학상이 심사위원 만장일치로 미당에게 돌아가게 될 것 같다는 예심의 결과만 믿고 후배나 제자에게 축하주를 미리 샀는데, 정작 그 상이 당시 최고위층과 가깝게 지내는 다른 시인에게 돌아가 실망했고, 그래서 빚 걱정도 더욱 커진 상태였다.

"나는 이제부터 한국에서 주는 상은 모두 졸업했다."는 미당의 인터뷰 기사가 주요 일간지에 실리기도 했다. 그래도 미당은 사당동 집이 완성되자 마당에다 작은 연못도 파고 여러 가지 나무를 구

해다가 심었다. 공덕동 집 마당에서 나무들도 옮겨다 심고 목련이
나 소나무도 구해다 심었다. 그중에는 미당의 회갑 기념으로 사모
님이 구해다가 창가에 심어준 재래종 소나무 두 그루도 있었다. 미
당은 그 집 택호를 '봉산산방'이라고 명명했다. 단군신화에 나오는
곰이 쑥과 마늘을 먹고 기도를 잘한 덕으로 환웅의 부인이 되어 단
군을 낳은 신화에서 얻은 이름으로 쑥 봉蓬 자와 마늘 산蒜 자를 넣
은 것이다.

　나무들이 너무 조밀해져서 못자리같이 되어버렸다고 선생님은
웃으며 말하면서도 처음엔 한쪽 귀퉁이에 노루와 꿩도 키웠다. 가
야금을 배우고 향도 모았다. 지팡이도 좀 모았다. 향 중에는 침향과
백단향을 좋아했다. 백단향은 석가모니가 선정에 들 때 피우던 향
이라고 했다. 불교의 대지도론大智度論에 향은 팔고 사는 것이 아니
며 옆 사람도 고운 것은 함께 누리는 것이라는 말을 인용하며 고통
을 날려버리는 마음의 통로로 삼았다. 나는 선생님의 부탁으로 그
때 마침 에티오피아에 외교관으로 가 있던 오빠를 통해 아프리카
의 희귀한 향을 구해드리기도 했다.

　어느 날 선생님 댁 마당에 노루와 꿩이 사라지고 그물 속이 텅 비
어 있음을 발견했을 때 선생님은 이런 말을 했다.

　"나는 이제 살아 있는 것들은 더 이상 안 키우기로 했다. 죽어서
나가는 게 영 더는 못 견디겠어……."

　그러곤 곁에 놓인 난초 화분들을 보시며 이렇게 말했다.

　"저것들은 물 달라 소리도 하지 않고 얼마나 조용하냐. 인제 저

렇게 조용한 것들에나 눈을 맞추어야겠다."

그즈음 선생님은 내가 삶 속에 빠져 허덕이는 것을 영 안쓰러워하셨다. 사모님은 나에게 마당에서 호박을 따서 주시기도 했다. 나는 직장에 시달리며 드디어 첫 시집을 내고, 아이를 낳고 삶과 혈투하듯 시를 썼다. 여고 시절 출판한 시집『꽃숨』이 있지만 그것은 나에게 하나의 추억이랄까 센티멘탈 밸류sentimental value 정도의 의미를 갖는 시집이고, 등단 후 정식으로 첫 시집을 출판한 것이다. 미당의 제의로『화사집』처럼 붉은 공단에 금박으로 제목을 단『문정희 시집』이었다.

"문정희가 이번에 첫 시집을 상재하는 것을 보는 느낌은 무슨 왕성하게 좋은 꽃 옆에서 그 맨 처음의 꽃망울 때부터를 지켜보고 있다가 그 활짝 피어나는 찬란한 개화를 대하는 것만큼이나 반가운 일이다."

선생님은 이렇게 시작되는 서문을 써 주셨다.

"사람 가운데는 그 소년 소녀 시절의 뛰어나던 재능도 성에 눈떠가면서 그 아지랑이의 혼미 속에 어수룩해져버리는 사람도 더러 있지만 우리 문정희 시인의 덩치 큰 감성과 내찰스런 지혜는 이 아지랑이를 잘 든든히 거쳐 나오고 있어 이것 참 다행한 일이다."라는 말도 덧붙였다.

나의 문학을 향한 열망은 더욱 뜨겁게 달아올랐지만 온통 젊음뿐인 나의 삶은 불합리와 고달픔이 전부였다. 그동안 잡지사를 그만두고 여학교 교사가 되었지만 시인으로서의 감각과 감성이 과중한 노동으로 빠져나가는 것이 늘 슬펐다. 더구나 유신 이후 검은 안개처럼 어두운 정치 현실은 모든 부분에서 표현의 제한을 가했다. 나는 그런 현실 앞에 침묵을 하며 비겁하게 무사한 삶을 유지하고 있다는 사실이 부끄러웠다. 김지하 시인이 사형을 받고, 또 누군가는 감옥에서 죽어가던 시절이었다. 나는 삶의 가시에 찔려 피가 날 때마다, 문학에서 좌절할 때마다 선생님을 찾아갔다. 전신이 쇳덩이를 단 듯이 무거울 때였다.

구체적인 설명을 안 했지만 선생님은 이런 나를 금방 훤히 다 알고 있었다. 그리고 어느 날 나는 선생님께 드디어 이런 고백을 했다.

"어느 때부터인가 내가 가르치는 학생들이 사랑스럽지가 않아요. 시로 써야 할 감성을 온통 다 빼앗아가는 것 같아요. 삶도 결혼도 흡혈귀 같아요. 너무 힘들기만 해요."

선생님은 "당장 학교를 그만두라."고 하셨다. 그러나 결혼에 관해서는 단호했다. "결혼은 절대로 그만두어서는 안 된다."고 했다.

"한국 여자들의 치마폭이 왜 그리 넓은지 아느냐? 모든 것을 푹 감싸버리라고 그렇게 넓은 거야."

"꽃피기 전에 잊어버려라. 네 짝이 아니다!"라고 하던 선생님의 만류를 받아들이지 않은 벌로 나는 큰 치마폭으로 이 힘겨운 결혼의 불합리와 모순과 삶의 고통을 감싸 안아야만 했다. 한쪽이 찌그러져 깨진 백자 향로를 선생님이 나에게 선물로 주신 것은 그즈음이었다.

"곡즉전曲即全이라. 구부러진 것이 온전한 것이니라."

이 말은 물론 노자의 『도덕경』에 나오는 말이지만 선생님은 오랫동안 곁에 두고 향을 살랐던, 한쪽이 찌그러진 백자 향로 하나를 약간 술에 취해 재가 담긴 채로 내게 안겨주었다. 나는 그것을 안고 집으로 돌아오며 괜이 목이 메어 속으로 꾹꾹 울었다.

구부러진 것이
온전한 것이다
한국시의 신화: 미당과의 만남 2

        미당 선생님이 "곡즉전"이라며 찌그러진 향로를 내게 주던 날, 기실 사당동 선생님 댁에는 몇 사람의 여성 시인들이 함께 있었다. 추석이었는지, 무슨 명절이었던 것 같다. 미당은 당신이 추천한 여성 시인들 앞에서 기분 좋게 취해 있었다. 웃음꽃이 연신 피어나는 방 안의 화제들을 뒤로하고 혼자 매화 가지가 그려진 향로에 자꾸 시선을 떨구자 미당이 내게 물었다.

    "그 향로가 그렇게 좋으냐?"

    "네, 찌그러진 것이 참 마음에 닿아요."

    "야, 이제 너도 상당하구나! 곡즉전이라…… 구부러진 것이 온전한 것이니라."

    그러고는 재가 가득 담긴 향로를 그대로 들어 나에게 안겨주었다.

    "이제 네가 가져라!"

나는 사양하거나 망설이지 않고 그 향로를 끌어안고 돌아왔다.

　미당의 절창 가운데 「피는 꽃」이라는 시에 보면 물질과 형상의 마지막인 엷은 구름하고도 이별해버리라고 한다. 극한의 "빈 그릇"에 닿는 시가 바로 「피는 꽃」이다. 빈 그릇이 무가 아니라 공이라고 해도 그것도 한낱 당신 눈의 그늘일 뿐이어니.
　깊은 밤, 시를 쓸 때 나는 곡즉전의 향로를 무슨 상징처럼 바라보며 미당의 「피는 꽃」의 시 세계를 더듬었다. 젊은 나이에도 불구하고 가슴이 텅 비어 늘 허둥거렸다. 동시에 「화사」나 「자화상」쯤의 찬란한 번민과 죄의식 사이도 넘나들었다. 곡즉전은 탐미주의자 미당이 닿은 또 다른 미의식이기도 했다.

　"무슨 꽃으로 문지르는 가슴이기에 나는 이리도 살고 싶은가"라는 미당의 시구를 나는 좋아했다. "꽃아, 아침마다 개벽하는 꽃아…… 벼락과 해일만이 길일지라도 문 열어라 꽃아……"라며 돈오와 점수의 세계 앞에서 무력한 인간 삶의 한계를 고백하는 뜨거움과 열망을 노래한 시구도 사랑했다. 모순과 원죄와 생명으로 들끓는 미당 시는 직정直情언어가 빚어낸 찬란한 시공간이었다. 천상과 지상, 자연과 인간, 미추가 함께 뒹구는 근원적인 사랑과 외경이었다.

　나는 등단 7년 만에 두 번째 시집 『새떼』로 현대문학상을 받았다. 문학상이 많지 않던 시절이라 관심이 쏠렸지만 나는 그 상이 그렇게 대단한 줄도 모르고 얼떨결에 받았다. "흐르는 것이 어디 강물뿐이랴 / 피도 흘러서 하늘로 가고 / 가랑잎도 흘러서 하늘로 간다." 표제작인 「새떼」에서 보이듯이 젊은 호흡으로 쓴 시집 『새떼』의 시편들은 이상하게도 덧없고 우울했다. 『새떼』는 출판 과정에서 유신 검열단의 검열에 여섯 편이 삭제 명령을 받았었다. "지금까지는 무효다 / 이 침묵도 무효다 // 강요당한 침묵의 빗줄 / 아, 아, 세상에 // 봄조차도 침묵으로 말하고 있다 / ……"라는 「선언」이라는 시편 등에 붉은 줄이 그어져 되돌아온 것이다.

독재 시대에 대한 시인으로서의 부채감을 나는 결국 「아우내의 새」라는 장시로 쏟아놓았다. 16세 소녀 유관순의 순열한 자유혼을 쓴 시였다. 유관순을 애국 열사나 누나라는 언어로 가둘 것이 아니라 본래의 순열한 자유혼으로 부활시키고 싶었다. 충남의 아우내 일대와 생가를 답사하고 발로 쓴 이 시는 의욕이 넘친 나머지 호흡은 거칠었고 표현이 과장된 데다 매수조차 1,000매를 육박했다. 미당에게 보여드렸더니 "시를 너무 흥분해서 쓴 것 같다. 시가 수다스러우면 감동이 삭감되는 법이다."라고 했다.

나는 그만 「아우내의 새」를 서랍 속 깊숙이 던져두었다. 그리고 10년 후 그것을 다시 꺼내어 형태를 완전히 바꾸고 내용을 압축할 수 있는 데까지 줄였다. 그중 「서시」는 현재 이화여고 교정 이화동산에 있는 유관순 동상 뒷면 대리석 벽에 새겨져 있다.

그사이 한 가지 재미있는 일은 미당에게 가수 송창식을 소개하여 그가 미당의 시 「푸르른 날」에 곡을 붙여 부른 것이다. 오랜 가뭄

사발에 냉수도

부셔 버리고

빈 그릇만 남겨요.

아주 엷은 구름하고도 이별해 버려요.

햇볕에 새 붉은 꽃 피어나지만

이것은 그저 한낱 당신 눈의 그늘일 뿐,

두 번째가 세 번째로 접히는 그늘일 뿐

당신 눈의 작디작은 그늘일 뿐이어니

서정주,
「피는 꽃」

으로 전국의 농토가 거북등처럼 타들어가다가 마침내 소나기가 내린 날 밤, 송창식은 지금 막 작곡을 끝냈다며 젖은 숲길에 서서 나에게 처음으로 〈푸르른 날〉을 들려주었다.

"눈이 부시게 푸르른 날은 / 그리운 사람을 그리워하자 / …… 네가 죽고서 내가 산다면……."

미당의 시는 그 자체의 리듬이 너무 강해서 어지간한 음표로는 따라가기 힘들다는 생각을 하고 있었다. 그래서 송창식의 노래도 처음엔 그렇게 절절하게 들려오지 않았다. 나중에야 다시 들으면 들을수록 좋은 곡이라는 생각이 들었다. 그즈음 송창식은 나의 시 중에 「황진이의 노래」에 곡을 부치고 싶다고 했다.

"나는 바람인가 봐요 // 담도 높은 대궐 안엔 문도 많은데 / 문마다 모두 열어젖히고 싶어요 // 닿는 것마다 흔들고 싶어요……"

이런 도발적인 시였다. 나는 대중적으로 유명해지는 것이 어쩐지 겁이 났다. 그래서 아주 가볍게 사양해버렸다.

드디어 나는 뉴욕대 대학원으로 유학을 떠났다. 미당 선생님은 뉴욕에서 외로울 때면 벽에 걸어놓고 보라고 「대추 물들이는 햇빛」이라는 당신의 시구를 특유의 붓글씨로 써 주었다.

그 후 1년 반 만인가 잠시 귀국하여 "뉴욕이 싫다. 더럽고 시끄럽고 사람 살 곳이 아니다."라며 아이들이 머리에 이까지 옮아왔다고 눈물을 글썽이자, 선생님은 어깨를 흔들고 웃으면서 "뉴욕은 참 인간적인 도시구나. 이가 살고 있다니…… 힘들 때는 어린아이들의 눈을 들여다보아라! 마음이 아주 맑게 가라앉을 거야. 푸른 눈도 있고 은빛 눈동자도 있지 않니?"라고 말했다.

나는 뉴욕에서 외로움과 가난과 좌절을 모두 체험했다. 세상에서 흘릴 눈물을 그때 다 흘렸다. 뉴욕대 대학원에서 2년을 보내고 학위도 없이 한국으로 돌아와 시집『혼자 무너지는 종소리』를 냈다. 현대문학상 수상 이후 8년 만이었다. 뉴욕 시절, 디아스포라의 질펀한 눈물로 쓴 시편들은 시집『찔레』에 묶어 출판했다.

그로부터 20년 후, 「찔레」는 뉴욕 헉스 출판사에서 출판한 나의 영역 시집『Windflower』에 수록되었다. 출판 기념행사에서 「찔레」를 낭송했을 때 이제는 찾을 길 없는 젊은 날의 문정희가 그리워 목소리가 떨렸다. 뉴욕 시인들은 나의 시 「찔레」를 듣고 "한국어는 부리가 긴 새가 고목을 쪼는 것 같은 그런 매력을 지닌 언어!"라고 좋아했다. 이 시는 언뜻 연애시처럼 보이지만 외롭게 떠돌던 젊은 시절에 대한 나의 간절한 헌시이기도 하다. 그때 천둥벌거숭이처럼 체험한 뉴욕은 나에게 '코리아'를 처음으로 숲이 아니라 산으로 바라보게 만들어주었고, 모국어가 아니라 영어라는 언어를 통해 또 다른 우주를 하나 더 소유하게 만든 결정적인 계기를 부여했다. 뉴욕이라는 도시가 주는 예술과 자유에 대해 결국 나는 치유 불능의 사랑에 빠져 돌아왔다.

서울은 화가 난 조강지처처럼 등을 돌리고 있었다. 군사 정권의 폐해는 수렁처럼 깊어졌고 광주의 상처도 깊고 아프기만 했다. 경제라는 가치가 속도의 바퀴에 맞물려 있어 기회를 잡으려고 모두가 혈안이 되어 허둥거리는 것 같았다.

미당 선생님은 내가 그동안 탐닉했던 인접 예술 장르들에 대해
흥미로워하며 나의 뉴욕 보고를 즐겁게 경청했다. 당시에는 한국
에서 이름조차 생경한 영화 역사들, 파솔리니나 베리만, 타르콥스
키 영화 등에 깊이 빠졌던 얘기며, 이미지와 표현에 대한 새로운 개
안을 한 것 같다는 고백도 했다. 한창 주목을 받고 활동을 이어가야
할 시기에 한국 시단을 벗어나 여기저기 떠돌며 방황했지만 시인
에게 방황보다 귀한 것이 있겠느냐며 격려를 아끼지 않으셨다. "잘
되었다. 이제 참 잘 되었다!" 미당 선생님은 시인으로서 나의 비상
을 더욱 기대했다.

그 후 선생님은 《문학정신》이라는 잡지를 창간했다. '범세계 시
인회의'라는 단체를 만들어 해외에 흩어진 한국 시인들을 불러들
였고, 또 많은 외유를 했지만 내가 보기에는 어느 때보다도 쓸쓸해
보였다. '전두환 지지 연설'의 후유증 때문이었다. 친일시 얘기나
이 부분에 대해 선생님과 정색을 하고 화제를 삼은 것은 몇 번 안
된다.

"이건 비사秘史다. 너만 알고 있어라." 하시며 당신의 젊은 날 연
애시의 대상들에 대해 이야기를 들려준 적도 있고, 어떤 역경이나
중요한 일들을 통과할 때 겪은 인물들에 대한 속이야기도 들었지
만 물론 나는 마음 깊이 그것들을 넣어둘 뿐이다. 예민하고 슬픈 일

로 더 이상 노스승을 괴롭게 해드리고 싶지 않아 그분이 말을 꺼내지 않은 이상 그런 일에 관해 물어보는 것조차 삼갔다. 카뮈가 노벨문학상 수상 연설에서 했다는 말이 참 인상적이다.

"나는 정의를 사랑한다. 그러나 정의가 내 어머니의 가슴에 총부리를 겨눈다면 나는 어머니의 편에 설 것이다."

미당 선생님께 연설을 권유하러 온 사람 중 한 사람은 '세계 일주기'를 《경향신문》에 연재할 당시 성실한 담당기자였던 안모 기자였다. 안 기자는 동성고를 다닐 때부터 미당을 존경하고 따르던 문학청년이었다는 대목에서 이 일을 얼마나 가벼이 여기고 찾아왔는가 하는 것을 짐작할 수 있어 더욱 안타까울 뿐이었다. 대학을 정년퇴직하고 미당은 세계 일주를 위한 자금을 마련하려고 붓글씨를 써서 전시회를 했다. 나중에는 미국 LA 전시까지 계획하시는 것을 보고 내가 "이제 더 가시지 않았으면……" 하고 선생님의 팔을 잡아당겼다가 처음으로 나에게 막 화를 낸 기억도 있다.

미당은 세계 일주기 『떠돌며 머흘며 무엇을 보려느뇨』를 상하권으로 내놓았다. 당신에겐 네팔이 가장 좋더라고 했다. 인도의 뉴델리에서는 제독을 지낸 분의 게스트하우스에서 지냈고 콜카타에서는 디플로매트 호텔에서 묵었다고 하여 나중에 내가 인도와 네팔을 여행할 때 똑같은 집들을 그대로 순례하듯 머물기도 했다. 멕시코 여행 중 노독에 쓰러져 멕시칸의 피로 수혈을 했는데 혹시 당신에게도 이제 멕시칸 사내 같은 뻣뻣한 수염이 돋으면 큰일이라며 천진스럽게 웃었다. 그때부터 산 이름을 외웠다. 기억력이 쇠퇴하는 것을 막기 위한 방편이었다. 타계할 때까지 1,600여 개의 산 이름을 높은 산의 순서대로 외곤 했다. "쿠후쿠해……"하며 산 이름을 외던 미당의 신들린 육성을 녹음해두지 못한 것이 참 아쉽다.

하루는 선생님이 좋아하는 양하 나물을 구해가지고 사당동 집에 갔더니 두 분이 신이 나서 웃고 있었다. 어젯밤, 집에 도둑이 들었는데 선생님이 스위스에서 사가지고 온 목동의 뿔피리를 뿌우뿌우 불었더니 그만 도둑이 도망을 갔다고 했다. 두 분은 어린아이 같았다. 세상에 목동의 뿔피리로 도둑을 쫓다니. 부근 강감찬 동상 아래서 초등학생처럼 나란히 서서 맨손 체조를 할 때도 그랬다.

어느 가을 한 잡지의 요청으로 '스승과 제자'라는 화보를 촬영하게 되었다. 시인 박재삼, 강우식, 그리고 나와 또 어느 시인이 미당과 함께 촬영을 했다. 촬영 장소로 가기 위해 가파른 계단을 올라가는데 선생님이 힘들어 보여 내가 팔을 부축했다.
"선생님 팔이 참 가벼워요."
미당은 순간 정색을 하며 큰소리로 말했다.
"나 아직 끄떡없다. 하늘이 힘줄 내미는 것 보았느냐?"
선생님과 나는 마주 보고 웃었지만 '아! 선생님이 늙었구나!' 하는 것을 속으로 실감했다.

그 후 『화사집』 출간 50년을 기념하는 축하 잔치가 한국일보 김성우 고문 등의 적극적인 발의로 동숭아트센터에서 개최되었다.

동국대, 중앙대 등의 제자들과 문인 단체, 그리고 미당을 통해 시단에 나온 제자들이 주축이 되어 팔순을 기념하는 잔치를 인터콘티넨탈 호텔에서 크게 마련했다. 나는 그날 연회장 큰 무대에 서서 떨면서 사회를 보았다. 연회장은 한국시의 산맥인 대시인을 축하하기 위해 모인 다양한 사람들로 만당이었다.

"오늘날 한국시가 사랑 받고 존중을 받는다면 그것은 바로 미당 서정주 선생님의 시가 이룬 업적 때문일 것입니다." 미당에게 추천을 받아 등단한 황동규 시인이 마이크를 받자 다소 흥분한 음성으로 말했다.

미당은 팔순의 소년이었다. 미당의 시간 의식은 영원주의 혹은 영생이라는 말로 요약할 수 있다. 실제로 미당은 영생을 위해 러시아의 장수촌으로 떠났다가 돌아온 적도 있다. 아름다운 러시아 산골 마을에 해가 지는데 길가에 소복하게 살이 찐 처녀가 시들어가는 딸기를 팔고 있어 바구니째로 몽땅 사 주었다가 사모님이 두고두고 바가지를 긁었다는 얘기도 들었다. 선생님은 바이칼 부근에서 산, 푸른 옥으로 된 봉투 따는 칼을 나에게 자랑했다.

"자, 귀에다 가만히 대 보아라. 천만 년 전 바이칼 호수의 바람 소리가 쏴아쏴아 들린다!"

우리가 반만년 유구한 역사니 5,000년 전통이니 하며 시간 의식을 너무 짧게 갖고 산다고 미당은 지적했다. 바이칼에 가면 수억 년이 넘치듯 사방으로 흘러가고 있다고 했다.

미당이 좋아한 향은 백단향과 침향이라 했지만 실제로 시를 쓸 때 가장 많이 피운 향은 침향이다. 침향은 산골짜기 물과 바닷물의 조류가 합수하는 자리에 향기로운 나무토막을 몇백 년 동안 담가 두었다가 그것을 건져서 피우는 향이다. 심청이처럼 물에 담근다 하여 한자로 심청이와 같은 글자를 쓰고 있음을 알 수 있다. 침향의 향은 즉 산해山海의 교향악이요, 옛사람이 묻어둔 것을 후대의 사람들이 꺼내어 피우는 향이어서 오랜 영혼을 주고받은 혼교魂交의 향이라고 미당은 말했다. 즉석 인스턴트나 빨리빨리와는 차원이 다른 세계이다.

2000년 가을 어느 날, 사모님이 불현듯 돌아가시고 봉산산방에는 선생님 혼자 남았다.

"나 바람나지 말라고 장독대에 삼천 사발의 냉수를 떠 놓은 아내"(「내 아내」), 늙은 후에는 손톱을 잘라주며 애처로울 만큼 사랑하던 아내를 떠나보낸 선생님의 빈집에는 대추들만 주렁주렁 열려 있었다. 사모님 장례 후, 조금 안정이 되는가 했는데 선생님의 배에 자꾸 물이 차올랐다. 미국에서 귀국한 자부는 집에서의 간호의 한계를 말했고, 선생님은 병원을 싫어했다. 간곡한 설득 끝에 119 구급대원들이 왔다. 건장한 청년들이 들것에다 미당을 올려놓고 손과 발을 묶었다.

"이 분이 「국화 옆에서」의 시인입니다. 아프지 않게 묶어주세요."

국화 옆에서……!? 이렇듯 절박한 순간에 쓰는 언어로 '국화 옆

너 떠나간 지

세상의 달력으론 열흘 되었고

내 피의 달력으론 십 년 되었다

나 슬픈 것은

네가 없는데도

밤 오면 잠들어야 하고

끼니 오면

입 안 가득 밥을 떠 넣는 일이다

옛날 옛날 적

그 사람 되어가며

그냥 그렇게 너를 잊는 일이다

이 아픔 그대로 있으면

그래서 숨 막혀 나 죽으면

원도 없으리라

그러나

나 진실로 슬픈 것은

언젠가 너와 내가

이 뜨거움 까맣게

잊는다는 일이다

문정희,
「이별 이후」

에서'라니. 나의 목소리는 비명처럼 절망적이고 무력하기만 했다.

"술, 술을 한잔…… 다오."

선생님이 겨우 입술을 달싹였다. 나는 부엌으로 뛰어가 무알코올 맥주를 따서 숟가락으로 들것 위의 선생님 입에 술을 떠 넣어드렸다. 숟가락! 이것이 지상에서의 미당의 마지막 술잔이었다. 선생님의 흰 고무신과 병실 머리맡에 놓아둘 석류 두 알을 들고 나는 울면서 강남성모병원으로 따라갔다. 미당은 그로부터 두 달 정도를 입원해 있다가 2000년 12월 24일 밤 삼성병원에서 타계했다. 폭설이 천지를 뒤덮은 하얀 밤이었다.

기자들이 물었다.

"유언이 뭡니까?"

"괜찮다! 괜찮다! 입니다." 내가 대답했다.

스물세 살 청년 미당이 추석날에 쓴 대표작이 「자화상」이다. 미당은 이미 스물세 살에 쓴 「자화상」 속에다 유언을 새겨놓았다고 김화영은 지적했다. "어떤 이는 내 눈에서 죄인을 읽고 가고 어떤 이는 내 입에서 천치를 읽고 가나 나는 아무것도 뉘우치진 않을란다." 천재들의 신화가 그렇듯이 미당은 요절의 징후가 더 많은 시인이었다. 다행히도 장수하여 번뜩이던 젊은 날의 천재를 완성시키는 시의 대장정을 완수하고 영원의 시간을 향해 떠나갔다. 내가 열일곱 살에 만난 시의 스승을 그때의 스승 나이인 오십이 넘은 중년으로 떠나보냈다. 스승과 제자로 인연을 맺은 것이 36년이었다.

미당에 대한 추모의 글이 각 신문마다 실렸다. 여러 신문이 나를 찾았지만 나는 멍해져서 한 글자도 쓸 수가 없었다. 영결식 하루 전날에야 겨우 마음을 추스르고 《경향신문》에 짧은 추모의 글을 썼고, 《중앙일보》에는 '시인 문정희가 본 미당의 시 세계'를 실었다. 내 박사논문 주제인 서정주의 시를 물의 심상과 상징 체계를 중심으로 바라본 시 세계였다.

미당 시는 처음 죄와 관능과 피로 출발하여 눈물과 아지랑이 정화수가 되어 하늘로 올라갔다가 다시 소나기 되어 땅의 언어로 순환하는 생명과 재생의 우주적 시 공간이라는 내용이었다. 질마재 논바닥의 거름 속의 똥오줌이 곡식을 기르고 그것이 다시 인간의 피가 되고 눈물이 되어 하늘로 올라갔다가 또다시 지상으로 내려오는 영원의 만다라요, 질펀한 해체와 상승과 부활의 카오스라는 내용이었다.

미당은 결코 죽은 것이 아니었다. 60여 년 동안 쓴 1,000여 편의 시는 날이 갈수록 퍼렇게 살아나고 그의 시 정신은 우리의 언어 속에 바람, 꽃, 하늘, 바위 속의 향기를 내뿜고 있다. 미당의 타계 후 얼마 안 가 몹시 거친 언어로 튀어나온, 제자이기도 했던 고은 시인의 미당 담론에 대해 나는 망설임 없이 반박문을 썼다. '죽은 후 던진 돌멩이에 보석 같은 시가 깨지겠는가'라는 《조선일보》에 쓴 글이다.

미당 떠난 지 이제 10년이 넘었다. 사실 지금 이 순간까지도 미당의 부재와 죽음을 생각해본 적이 없다. 미당은 여전히 살아 있는 시인이다. 사람들이 물었다.

"미당은 어떤 분입니까?"

"시인입니다!"

세계에도 그보다 더 시인은 아마 없을 것이다. 한국문학이 빚어낸 시의 매혹! 비애와 절망과 뼈아픈 시대를 살며 모국어의 절정을 단숨에 높인 시의 귀신! 그러나 시와 생애가 일치한 삶을 살지 못한 아픈 상처와 얼룩의 시인! 그가 미당이다. 이 땅에 태어나 그에게 시를 배우고, 그와 한 공간에서 시를 쓰는 시인으로 살다 가는 것은 여러 의미에서 축복이다.

여기 고은 시인이 미당이 타계한 지 6개월 후《창작과비평》(2001년, 여름호)에 쓴 '미당 담론'에 대해 답한 2001년 5월 17일자《조선일보》의 글을 전문 인용한다.

죽은 후 던진 돌멩이에
보석 같은 시가 깨지겠는가

　나는 고은 씨에게 설복당했다. 그의 윤기 있는 수사와 종횡무진한 어법은 나를 설득시키기에 충분했다. 물론 논박과 첨삭이 필요한 곳이 있었지만 그가 기술한 많은 부분이 사실이다. 가령 잘못된 부분이 있다 해도 그것은 두고두고 미당 시가 살아 있는 한 토론하면 될 일이다. 고은 씨의 미당 담론은 한마디로 고은 식의 미당 사랑의 방식이라는 생각이 들어 속으로 이상한 감탄마저 흘러나왔다. 다만 고약한 부정어법을 차용했기에 좀 낯설고 불경해 보일 뿐이었다.

　문학은 하나가 아니라 둘이고 셋이어야 하며 아울러 그의 말대로 문학의 일생을 사는 동안 거기에 절교도 있고 같은 종으로서 미개인 같은 서러운 할거도 있어야 하기 때문에 이러한 문학 담론은 앞으로도 더 많이 필요하다고 생각한다. 그러나 나는 고은의 미당 사랑 방식에 설복당해 한참을 하늘을 쳐다보다 말고 이런 질문이 불쑥 고개를 드는 것을 참을 수가 없었다. 이토록 빼어난 재주를 가진 시인 고은이 아직 고인의 무덤에 흙도 마르기 전에 왜 이토록 악의에 찬 비평과 폭로에 가까운 문투를 빌려 미당 담론을 쓴 이유는 무엇일까 하는 점이다. 그의 이 해박한 위악이 과연 무엇을 위한 것이냐 하는 것이다.

그 잔재가 제대로 정리되지 못한 채 새로운 제국주의적 발상을 드러내는 역사왜곡으로 치닫는 일본에 대한 대응으로 친일 행위의 재생산을 뿌리 뽑아야 하기 때문이라는 구절도 있고 몇 가지 다른 지적도 있기는 하지만 그렇다 해도 나의 의문과 안타까움은 강도를 줄이지 못했다. 그의 글은 미당의 시 가운데 「자화상」을 비롯한 몇 편의 시를 인용했지만 시보다는 미당의 시인 체질과 행적에 초점을 맞춘 글로서 그가 굳이 갖다 댄 인용구들에서 나는 참을 수 없이 "재주 있는 악동"을 거듭 느낄 수밖에 없었다. 그리고 많은 부분에서 미당 시에 대한 감탄과 사랑을 숨기지 못하고 내비치고 있다는 점에서 나의 심경은 더욱 착잡해졌다.

한때 미당을 향해 "시의 정부"라고까지 했다가 완전히 미당과 결별했다고 하나 그것은 드러난 사실일 뿐 그는 미당을 향한 불같은 찬탄을 오랫동안 아끼지 않고 드러내고 있음이 역력했다. "그에게 명작은 많고 졸작은 많지 않다."라든가 "심금을 건드리는 그의 음향적 명향성, 그리고 으밀아밀하게 그늘진 밀어, 한 여름날 담을 넘어가는 노련한 파충류와도 같은 그의 언어 미각" 등 대충 살펴봐도 이러한 부분을 쉽게 발견할 수 있었다.

아무튼 시인 미당은 갔다. 지금 어떤 위대한 문호가 미당의 시와 행적을 어떤 말로 찬양하든 아니면 헐뜯으며 그의 흠집과 상처에 비수를 들이대든 간에 그것은 온전히 살아 있는 사람들의 것일 뿐 미당과는 아무 상관이 없는 것이다. 영욕의 시대 힘한 가시밭길을 걸어온 그의 바지를 무덤에서 꺼내들고 와 "당신 아버지가 종이어서 너는 태생적 천민근성이 있다."라거나, "이 가시에 왜 피가 묻어 있느냐."라고 따지는 대신 우리가 해야 할 일은 이제부터 그와 같이 슬픈 흠이 있는 시인이 아니라 완벽하게 위대한 시인을 갖도록 노력하는 일일 것이다.

눈부신 시를 남긴 한 탁월한 시인을 마음 놓고 자랑하고 사랑할 수 있도록 시와 생애가 완벽하게 일치하는 시인을 기다리며 그의 시적 성취와 인간적 실수에 대해 성실한 토론을 해야 할 것이다. 고은 씨의 인간 미당에 대한 비판과 사랑은 살아 있을 때 그와의 절교로서 족하다고 생각한다.

"왜 문학이 권력에 종속되어야 하는가?"라고 고은 씨는 물었다. 그리고 "시인이란 어떤 시대에도 불구하고 새로운 개척적 상황에 진입함으로써 일체의 이데올로기적인 명분들이 철수된 시대에도 불구하고 순수한 초상으로서 어떤 현세성에 추수하지 않는 시혼으로서의 투혼을 가진 존재"라고 했다.

진실로 옳은 말이다. 그러기에 나는 또 이런 생각을 떠올리며 괴로워하는 것이다. 비록 도덕적인 정당성을 가진 정권이라 해도 대통령의 전용기에 앉아 대통령과 함께 외국 나들이 가는 시인보다는 진실로 고민하고 사랑하고 좀 더 나은 세상을 향해 온몸을 던지는 시인을 우리는 기다리는 것이다. 한때는 원수라고까지 불렀던 인민복을 입은 최고 권력의 사람과 와인 잔을 부딪는 장면을 보면서도 나는 고은 시인이 이 사랑 결핍의 시대에 뜻 있는 시인이 될 것이라는 기대로 부풀었고 또 그의 시집을 정독했었다.

누군들 죽은 후에 돌멩이를 피할 수 있겠는가. 생시에 미당은 고은 씨를 말할 때마다 "은이는 참 재조 있지."라고 칭찬했다. 미당이 그토록 인정했던 그 비범한 재조를 다른 데에 쓰지 말고 좋은 시를 쓰는 데에 써 주실 것을 진심에서 기대한다.

죽은 후에 시인 고은을 향해 누군가 돌멩이를 던진다 한들 보석처럼 좋은 시가 그 돌에 깨어지겠는가.

_《조선일보》2001년 5월 17일자

3부

글창녀와
얼음번개

"시는 선택받은 자들의 빵이자 저주받은 양식"이라고 말한 것은 옥타비오 파스였다. 그렇다. 시라는 저주받은 양식에 나는 저주받았다. 나는 끝없이 시를 쓰는 하이퍼그라피아hypergraphia이다. 40여 년 동안 이 병을 앓아 왔다. 시집 『다산의 처녀』를 내놓고 무력증과 자괴감에 빠져 손가락 하나 까딱하지 못했다. 그래도 매일 시를 썼다. 침묵으로도 시를 썼다. 혹독한 우울증에 빠져서 쓴 시는 엉덩이의 뿔을 달고 나온 것도 있었다.

며칠 전 한 매체와의 인터뷰에 나갔다. 명민한 젊은 기자는 이런 질문을 했다.

"40여 년 동안 쓴 시어 중에서 특별히 기억에 남는 시어는 어떤 것인가요?" 말하자면 핵심어keyword를 통해 나를 더 정확히 알고 싶다는 것이었다. 나는 그냥 생각나는 대로 대답했다.

"얼음번개, 글창녀 그리고 흡혈귀, 곡비."

그러나 다음 순간 나는 시어를 더 이상 잇지 못했다. 뜻하지 않는 격정에 휘몰리어 그만 입을 다물고 말았다. 고통스러웠던 시의 생애가 고구마 줄기처럼 줄줄이 따라 올라왔던 것이다. 내 시의 핵심어라기보다는 그냥 질긴 뿌리에 매달린 나의 시어들…… 말하자면 생의 업보들을 새삼 아프게 만져보았다.

얼음번개

『혼자 무너지는 종소리』에 실린 시어이다.

20대 초에 등단하여 7년 만에 현대문학상을 받았다. 하지만 이런 특별한 주목도 잠시, 시대는 더욱 거칠어져갔다. 유신과 투옥 작가와 1980년 광주로 상징되는 시대였다. 삶은 고달팠고 나는 젊었다. 1982년 아이 둘을 데리고 뉴욕으로 갔다. 뉴욕대 대학원 종교교육과 석사과정에 입학한 것이었다. 대학시절부터 그토록 목 메게 구호로 외쳤던 자유가 아주 쉽고 흔하게 굴러다니는 뉴욕, 그 뉴욕에서 나는 '얼음번개'처럼 나의 살을 파고드는 고독과 정면 대결했다.

그대 아는가 모르겠다

혼자 흘러와
혼자 무너지는
종소리처럼

온몸이 깨어져도
흔적조차 없는 이 대낮을

울 수도 없는 물결처럼
그 깊이를 살며
혼자 걷는 이 황야를

비가 안 와도
늘 비를 맞아 뼈가 얼어붙는
얼음번개

그대 참으로 아는가 모르겠다

이 시 「고독」을 햄린 갈랜드의 「산은 고독한 패거리」에 비유하면서 "고독-얼음번개"라고 한 메타포에 주목한 글이 있었다. 이육사의 「절정」에서 "겨울은 강철로 된 무지개"라는 메타포 이후 기상학의 현상을 다시 새로운 시어로 탄생시킨 것은 한국 시문학사 반세기 만이라 했다.

글창녀
「초대받은 시인」이라는 시에 등장하는 시어이다.
군인 출신 대통령이 청와대 뜰에서 시 낭송과 함께 저녁을 하자고 했다. 나는 그동안 여기저기 매문을 하며 글창녀처럼 살았지만 왠지 그 순간 진짜 시인이 되고 싶었다. 그래서 초대에 응하지 않는 다는 내용의 시다. 그러나 시의 주제는 그런 작은 저항이나 꼿꼿한 선비 의식이 아니라 나의 유치한 한계와 속물을 고발하고 있다. 초 대에 응하지 않은 것이 무슨 고결함의 표출이라도 된 듯 우쭐해진 나를 밤새 진정시키며 그 어린 시인의 등을 긁어준다는 것이 내용 이다.

흡혈귀

나에게 삶은 오랫동안 흡혈귀 같았다. 과로와 배반으로 날마다 절망했다. 나는 늘 삶에게 피를 빨리고 사는 느낌에 시달렸다. 눈에 도 보이지 않고, 언어로도 설명할 수는 없었지만 흡혈귀는 확실히 존재했다. "내 눈에는 보이지 않는 / 흡혈귀와 붙어 / 밤마다 지지 지 전기를 일으킨다"고 썼다.

곡비哭婢

20세기 초 멕시코 에네켄 농장으로 팔려간 한국인 이민선에 곡 비가 타고 있었다는 글을 신문에서 읽은 적이 있다. 평론가 김현의 글에서도 곡비를 읽었다. 곡비는 우리나라 옛 장례 때 상주 대신 울 어주는 울음 전문가로서 이것은 마치 시인이 시대의 슬픔을 대신 울어주는 존재와 같은 의미라고 쓴 글이었다.

어린 날, 우리 집 아래에 살던 옥례라는 여자애를 떠올리게 되었 다. 그녀는 얼굴이 하얬고 착했다. 거짓말도 작은 목소리로 착하게 소곤거리면서 했다. 새벽에 일어나니 노란 별똥이 떨어져 있어 주워 먹었더니 너무 맛있더라고 했다. 나는 꼬박 속아 넘어가서 다음 날 새벽에 일어나 마당을 서성이며 별똥을 찾았다. 별똥이 내 머리 위에 떨어지기를 기다렸다. 「곡비」는 옥례의 이미지와 겹쳐놓고 쓴 시이다.

나쁜 시인

청소년 시절부터 각별했던 독문학을 하는 전영애 교수와 함께 점심을 먹고 식당에서 막 나오는 길이었다. 우연히 길을 지나가던 K를 만났다. K는 우리를 보자마자 격앙된 어조로 분개했다. 지난 주에 유럽을 다녀왔는데 그 많은 유적들이 실은 노동자들의 피로 만든 것들이라 생각하니 이가 갈리더라고 했다.

전영애 교수와 나는 그만 입을 다물었다. 전영애 교수는 독일 유학을 했고, 나 또한 유럽을 두루 돌았지만 노동자의 피보다는 도도한 시간 속에 지켜진 전통의 격조와 아름다움만 보았던 것이다. 세련된 르네상스에 빠져 황홀했던 것이다. 더구나 나는 아름다움의 극치를 보며 이상하게도 생의 허무에 어쩔 줄 몰라 했던 것이다. 그런 정서 속에서 쓴 시어가 "나는 나쁜 시인"이었다.

기둥

「사랑하는 사마천 당신에게」라는 시에서 "세상의 사나이들은 기둥 하나를 / 세우기 위해 산다"라며 남근의 비유로 쓴 시어이다.

"그런데 꼿꼿한 기둥을 자르고 / 천년을 얻은 사내가 있다 / 기둥에서 해방되어 비로소 / 사내가 된 사내가 있다"

유방

　얼마 전 시선집을 내면서 시선집 제목을 '유방'이라고 할까 생각
중이라고 했더니 모두가 벌떼처럼 반대했다. 맨발, 배꼽 등의 시집
제목은 되고 왜 유방이면 안 되는가. 마침 중요한 인사들 앞에서 강
연할 일이 있어 이 문제를 제기해보았더니 한 신문사 대표가 적극
적으로 유방에 대해 지지를 표해주었다. 그래도 유방! 하면 제일 먼
저 성적 오브제로 떠오르는가 보았다.

　　누구에게나 있지만 항상
　　여자의 것만 문제가 되어
　　마치 수치스러운 과일이 달린 듯
　　깊이 숨겨왔던 유방
　　우리의 어머니가 이를 통해
　　지혜와 사랑을 입에 넣어주셨듯이
　　세상의 아이들을 키운 비옥한 대자연의 구릉

　시에서도 노래했듯이 유방은 남자에게도 있다. 그래도 여성의
유방은 특히 미래의 국민에게 영양을 제공하는 중요한 음식 역할
을 한다. 쌀처럼 중요하고 쇠고기보다 더 많이 중요하다. 생명을 기
르는 원천이다. 요즘 인구 감소로 고민하는 우리나라의 인사 중에
유방을 미래의 국민을 기르는 중요한 음식이라고 생각하는 사람이
몇이나 될까?

다산의 여자

열한 번째 시집을 내면서 시집 제목을 '다산의 처녀'라고 했지만 시어로서 '다산의 여자'가 등장한 것은 오래전이다. "풍성한 다산의 여자들이 / 초록의 밀림 속에서 천년의 대지가 되는 / 뽀뿔라로 가서 / 야자 잎에 돌을 얹어 둥지 하나 틀고 / 나도 밤마다 쑥쑥 아이를 배고 / 해마다 쑥쑥 아이를 낳아야지"(「머리 감는 여자」).

카리브의 태양이 눈부신 중부 마야의 옛 마을 뽀뿔라에 가서 풍만한 다산족 여인들이 낳아 놓은 아이들을 보며 충격을 받았었다. 대지모처럼 풍만한 몸으로 생명력 넘치는 땅에서 아이를 생기는 대로 낳고 사는 여자들은 아름다웠다. 자본주의의 잣대가 아닌 생명의 잣대에 의해 살아가는 인간의 원형성에 눈뜨는 순간이었다. 그리고 나는 딸들에게 "아무 데서나 서서 오줌을 누지 마라"(「물을 만드는 여자」)는 시를 썼다.

딸아, 아무 데나 서서 오줌을 누지 마라
푸른 나무 아래 앉아서 가만가만 누어라
아름다운 네 몸속의 강물이 따스한 리듬을 타고
흙 속에 스미는 소리에 귀 기울여보아라
그 소리에 세상의 풀들이 무성히 자라고
네가 대지의 어머니가 되어가는 소리를

때때로 편견처럼 완강한 바위에다

184

오줌을 갈겨주고 싶을 때도 있겠지만

그럴 때일수록

제의를 치르듯 조용히 치마를 걷어 올리고

보름달 탐스러운 네 하초를 대지에다 살짝 대어라

그러고는 쉬이쉬이 네 몸속의 강물이

따스한 리듬을 타고 흙 속에 스밀 때

비로소 너와 대지가 한 몸이 되는 소리를 들어보아라

푸른 생명들이 환호하는 소리를 들어보아라

내 귀한 여자야

이 시는 "딸의 아랫도리를 보며 / 신이 나오는 길을 알게 되는"(「남자를 위하여」) 일련의 시들과도 상통한다. 자신의 수염이 독가시였음도 알며 아름다운 어른이 되는 남자들에게 보내는 시편들이다.

안식년

"여보 날 찾지 말아요" 하며 「공항에서 쓸 편지」를 쓴 것은 한참 전의 일이다. 주부가 집을 떠나고 싶은 충동은 누구나 한 번쯤 꿈꾸어볼 수 있지만 그것을 안식년의 개념으로 이끌어낸 것이 이 시의 초점이다. 말하자면 결혼이라는 인간과 인간끼리의 계약을 사회적 계약으로 끌어올린 것이다. 굳이 페미니즘이라는 말로 설명 안 해도 될 줄 안다.

이 시는 발표한 후 크고 작은 화제를 낳게 된다. 그리고 4년 후인가 〈엄마가 뿔났다〉라는 제목으로 김수현 작가에 의해 텔레비전 드라마로 잘 표출되었다. 드라마 방영 직후 주인공이었던 배우 김혜자 씨와 서울 구치소에 가서 많은 수형자들 앞에서 함께 이 시를 낭송했었다. 그리고 또 그로부터 1년 후 그날 거기에서 시 낭송을 듣고 밤새 독방에서 벽을 주먹으로 치며 울었다는 B씨가 출옥 후 시 원고를 들고 나를 찾아와 크게 놀라게 해준 일도 있었다. 시의 화살은 이렇듯 너무나 뜻밖의 장소에까지 날아간다.

응

한글로 "응"은 아름다운 문자이다. 조형, 음성, 의미 모두 아름답다. 진도 아리랑에 나오는 아리랑 응 응 응…… 한 구절을 불러보면 관능적이고 원시적인 가락이 한없이 풀려나온다. 측간에 치마를 올리고 앉아 일을 보는 춘향이 같기도 하다. 이 시는 휴대폰 문자를 주고받다가 순간에 피어난 시이다.

햇살 가득한 대낮
지금 나하고 하고 싶어?
네가 물었을 때
꽃처럼 피어난
나의 문자
"응"

건국대 박혜숙 교수는 이 시를 이렇게 해석했다.

"이 시는 사랑의 응답이기도 하지만, 시와 시인이 주고받는 비밀의 대화이다. 시가 차오르며 시인에게 묻는 말이다. 그 순간 시인이 조응하는 대답이다."

수전 손탁처럼 "해석에 반대한다."가 아니라 해석은 이렇게 무한 자유이다.

늙은 꽃

나가르주나의 『중론』을 읽었나. 이렇게 요령부득인 책도 드물었다. 또 읽고 읽었다. 체계 없이 남독한 나의 철학서들…… 특히 불교철학서들은 헤집을수록 콤플렉스였다. 금강, 화엄, 유마, 선 등등.

> 어느 땅에 늙은 꽃이 있으랴
> 꽃의 생애는 순간이다
> 아름다움이 무엇인가를 아는 종족의 자존심으로
> 꽃은 어떤 색으로 피든
> 필 때 다 써 버린다
> 황홀한 이 규칙을 어긴 꽃은 아직 한 송이도 없다
> 피 속에 주름과 장수의 유전자가 없는
> 꽃이 말을 하지 않는다는 것은
> 더욱 오묘하다
> 분별 대신
> 향기라니

「늙은 꽃」은 시집『다산의 처녀』의 첫 페이지에 나오는 시다. 나오자마자 눈 밝은 독자가 읽고 금강경이다!라고 소리치며 전화를 했다. "응"하고 대답하고 싶었다.

쓸쓸

"요즘 내가 즐겨 입는 옷은 쓸쓸"(「쓸쓸」)이다. 그런데 이 말은 입 밖으로 내놓으면 웬일인지 그 함량이 떨어지는 느낌이 든다. 그래서 가능하면 이런 고백은 잘 안 하려고 한다. 언어도단의 실감이다.

내 시의 페르소나는 사실 현실의 내가 아닌 것도 많다. 나는 가면을 사랑한다. 가면의 내가 더욱 나인지도 모른다. 며칠 전 아침, 역시 의자에 앉아 하이퍼그라피아에 빠져 있을 때 전화벨이 울렸다. 스웨덴에서 방금 연락을 받았는데 금년도 시카다상 수상자로 결정되었다고 한다. 전화를 건 번역원 국장에게 물었다.

"이거 좋은 상인가요?"

"아주 중요한 상입니다."

언젠가 생애에 나도 한 번쯤 시장에 갔다 오다가 수상 소식을 듣고 싶었다. 도리스 레싱처럼. 그러면서 우박처럼 쏟아지는 카메라 셔터를 향해 이렇게 말하고 싶었다.

"왜들 이러세요. 내가 처음 상을 받는 것도 아닌데……."

그러나 나는 아직 멀었다. 나는 잠시 말을 잇지 못하고 "감사합니다."를 연발했다. 그리고 겨우 이렇게 말했다.

"그런데 이거 내일쯤 '아, 미안합니다. 잘못 전달되었습니다.' 이러지는 않겠지요?"

"그럴 리가 없습니다. 곧 스웨덴 대사관으로부터 직접 전화가 올 겁니다."

번역원 국장은 웃었고 나는 웃지 못했다. 다시 말하지만 나는 쓸 뿐이다. 쓴다는 것! 그것만이 나의 영광이요, 축복이요, 성공이니까.

빼어나고 슬픈
이 땅의 딸들

　　　　　여성이 하루빨리 문맹을 떨치고 미래의
귀중한 인재가 돼야 한다는 자각으로 이 땅에 민족 자본 최초의 여
학교를 세운 여성이 있다. 그녀의 이름은 엄순헌嚴純獻. 바로 고종의
계비인 엄비이다.

　뮤지컬, 드라마 등으로 명성황후 민비는 잘 알려져 있지만 엄비
는 덜 알려져 있는데, 엄비는 민비가 시해된 후 고종의 계비로서 영
친왕을 낳은 분이다. 쇠퇴해가는 국운을 보며 무엇보다 인재를 기
르는 일이 중요하다는 것을 크게 깨닫고 그것을 곧 실천에 옮긴
당찬 여성이다. 그녀는 1905년 양정의숙養正義塾을 세우고, 이어서
1906년 진명進明과 숙명淑明 두 여학교를 세웠다. 그 두 여학교가 올
해로 나란히 개교 110주년을 맞았다. 이는 곧 한국 현대 여성 교육
사의 출발이기도 해서 그동안 이곳에서 배출된 인물들을 하나하나

눈여겨보지 않을 수 없다.

그중 먼저 설립한 진명의 경우, 일본 도쿄 유학생으로 한국 최초의 여성 화가요, 문필가인 나혜석羅蕙錫·3회을 주목하게 된다. 유사 이래 남성 중심 사회와 가부장적 전통에 정면으로 맞선 한국 근대 여성의 선구자로 활약하다가 결국 이혼을 당하고 행려병자가 되어 무연고 병동에서 발견됐다.

그녀보다 한 해 후배이며 역시 도쿄 유학생으로 한국 최초의 여성 소설가요, 여성으로서 최초로 시집을 낸 김명순金明淳·4회도 진명 출신이다. 김명순은 신학문과 자유를 구가하며 많은 작품을 남겼지만, 폭압적인 성희롱의 대상이 되어 불명예를 안고 희생됐다. 하지만 알려진 바와 달리 학구열이 강한 여성으로, 시와 소설은 물론 미국 소설가 에드거 앨런 포를 한국에 처음으로 번역, 소개한 번역가이기도 하다. 사실 그녀는 살펴볼수록 억울한 초기 여성 선각자이다. 그녀를 성적性的으로 희생시킨 남성은 해방 후 국군 창설의 공을 인정받아 각종 훈장을 받고 현재 국립묘지에 안장돼 있고, 소설 「김연실전」을 통해 그녀를 매우 비판적으로 묘사한 고향 선배 김동인은 문학사에서 돌올한 작가로 대접받고 있다.

시인 노천명盧天命·20회은 교과서를 통해 '사슴의 시인'으로 잘 알려져 있지만, 그 역시 일제와 6·25전쟁을 몸으로 치르며 무사한 삶을 살지 못했다. 감상을 절제한 서늘한 시를 다수 남겼지만, 유명한 이름이 오히려 덫이 되어 옥고까지 치르며 평생을 독신으로 살다 떠났다.

최초의 여판사 황윤석黃胤錫·36회은 아직도 회자되는 아깝고 빛나는 여성이다. 사학자 황의돈의 딸로 서울대 법대를 졸업하고 한국 최초의 여판사가 되어 화제를 모았지만, 의문의 죽음을 맞아 요절함으로써 비극을 피해가지 못했다.

여성이 안방과 부엌에서 소극적인 타자로서의 생애를 보내야만 무사하던 시대였다고 해야 할까. 초창기 여성들에게 전통과 인습의 편견은 상상보다 컸고, 그 고투와 상처는 그대로 여성사의 좌절과 비극으로 이어졌음을 알 수 있다.

나혜석의 경우만 하더라도 지금은 그의 고향 수원에 '나혜석 거리'가 있고 많은 연구 논문이 쏟아져 나오는가 하면, 우표에도 등장할 만큼 유명하지만 일찍이 파리를 거쳐 세계를 유람하고 돌아와 크고 넓은 세계를 좁은 나라에 알리는 일은 그 자체로 거부와 탄압의 대상이 됐다. 그녀는 끝내 좌절을 겪으며 이혼으로 인해 아이들과 헤어지게 된다. 사랑하는 아이들을 두고 나오며 "어미를 원망치 마라. 어미는 시대를 앞서 산 선각자였느니라."고 한 절규는 지금 봐도 피눈물이 섞여 있다.

진명 110년의 역사에는 이외에도 수많은 중요한 여성의 이름이 새겨져 있는데, 그중에서 꼭 기억해두고 싶은 이름 하나가 역사학자 박병선朴炳善·30회이다. 서울대를 졸업한 후 우리나라 여성 최초로 프랑스에 유학 비자를 받아 유학한 분이다. 소르본에서 박사 학

위를 받고 프랑스 국립도서관에서 일하며 한국의『직지심체요절』
(직지심경)의 실체를 밝혀낸 여성이다.『직지심체요절』이 구텐베
르크 활자보다 78년 앞선 것으로, 세계 최고^{最古}의 금속활자본임을
증명해낸 것이다. 그녀는 베르사유 도서관 별관 고문서 파손 창고
에서 곧 폐기될 위기에 있던 녹색 비단으로 만든『외규장각 의궤』
297권을 찾아냈다. 이 귀한 자료는 2007년 유네스코 세계기록문
화유산으로 등재되고, 2011년 한국으로 반환되기에 이르렀다. 박
병선이 아니었으면 영구히 사라졌을 보물이요, 세계적인 유산이
다. 그녀는 이렇듯 프랑스가 약탈해간 귀중한 외규장각 도서를 우
리나라에 반환케 하는 데 결정적인 역할을 하는 귀중한 업적을 이
뤘지만, 연전에 프랑스에서 병마와 싸우다 홀로 타계했다.

대강 살펴봐도 민족 자본 최초의 여학교 110년의 역사는 그대로
한국 현대 여성사와 맞물림을 알 수 있다. 이번에 옛 앨범에서 새
로 발견한 개교 50주년에 쓴 노천명 시인의 축시가 아름답고 처연
하다.

무거운 방장^{方帳} 속 첩첩 대문 안에
이 나라 부녀들 맹아^{盲啞}모양 있을 제
우리님 등불 들고 찾으러 오셨나니
아, 장하고 장하여라

장옷 쓰고 교군 속에 숨겨져

배우러 나오던 진명의 옛 딸들

모시어 내 오던 스승들의 수고를 잊을리야

한 알의 씨앗은 천으로 만으로 퍼졌어라

노천명의 축시 「목화송이 모양 눈부시어」 중 일부인데, 60년이
흐른 2016년, 개교 110주년을 맞아 후배 시인은 이렇게 이어 썼다.

…이제 그 향기 더 넓게 더 높게 퍼져 나가서

비옥한 산하를 이루고

우리들의 밝은 미래를 향해

비상하는 한 마리 크낙새로 깃을 펼치리라…

— 문정희(55회)의 축시 중 일부

여자의 시 쓰기는
신과의 입맞춤

절대로 가격을 흥정할 수 없는 것이 하나 있다…… 삶.

내가 좋아하는 헝가리 작가의 말이다. 그런데 그 작가는 또 이런 말도 했다.

"원고에 바싹 몸을 숙이고서 소설과 감상적인 단상에 사랑의 야심과 여성적인 공명심, 복수심과 절망을 불어넣으려고 애쓰는 그 여성 작가를 카페에서 볼 때마다, 나는 그녀의 작은 손에서 살며시 다정하게 펜을 뺏으며 말해주고 싶다. 친애하는 부인, 부디 펜을 아주 신중하게 사용하십시오. 이것은 위험한 도구이며 사실 여성들에게는 적합하지 않습니다. 언젠가는 그것으로 연약한 작은 손가락을 베일 수도 있습니다."

그의 이름은 산도르 마라이. 1930년대 헝가리에서 활동하다 헝가리 입국이 금지되어 40년간 해외를 떠돈 작가이다. 1990년 미국에서 자살했다고 한다. 만약 이런 글을 그가 최근에 발표했다면 아마도 여성 작가들이 벌떼처럼 일어났을지도 모른다. 그래도 나는 그의 충고를 곰곰 되새겨본다. 펜은 여성에게는 위험한 도구이며 적합하지 않은 도구라는 그의 마초적인 충고에 절대로 동의할 수는 없다. 그러나 그의 충고를 다른 측면에서 한번 되새겨볼 필요는 있는 것이다.

감상적 단상? 사랑의 야심과 공명심? 복수심과 절망 등등. 이 요소들은 글을 쓸 때 당연히 쉽게 달라붙는 요소들이고 그래서 주의해야 할 부분임에 틀림없다. 하지만 이는 굳이 여성 작가에게만 적용되는 요소가 아니다. 그것이 누구에게 적용이 되든 안 되든 이 얘기는 본질적으로 그리 심각한 얘기는 아니다. 그래서 나는 언제나처럼 이렇게 대답하고 싶을 뿐이다.

"나는 쓴다, 고로 나는 존재한다 I write, therefore I am!"

이것이 전부이다. 글을 쓴다는 것! 그것은 나의 삶이요, 존재이다.

글을 쓰는 일이 여자의 일이라거나 혹은 남자의 일로 국한하여 생각해볼 일이 아니라는 말로 이 글의 서두를 열었다. 그럼에도 불구하고 몇 년 전에 나는 「여자가 시를 쓰는 것은」이란 시를 발표한 적이 있다.

이 시는 여자에게 창조란 천분天分과 천형天刑에 해당하는 일이라는 것이 기본에 깔려 있다. 그것은 당연하고 자연스러운 일인 것이다. 그런데 여성의 그런 행위를 편견과 제도로써 억압하고 심지어 역사에서까지 따돌리고자 하는 것을 은근히 폭로하고 고발하는 시이다.

여자이건 남자이건 창조 행위로서의 '글을 쓰는 일'은 두렵고도 외로운 일이 아닐까. 더구나 시란 무엇인가? 이 광포한 속도와 물량 가치의 시대에 시란 과연 무엇이어야 하는 것인가? 나는 생각한다. 인간의 삶 속에 외로움이 있는 한 시는 그것을 배양토로 태어나고 또 태어날 것이다. 그리고 사람은 인간으로 태어날 때 남자 아니면 여자로 태어난다.

영어의 섹스sex는 원래 구별된 것이라는 뜻으로 라틴어의 섹스툼sextum에서 유래한 것이다. 이 구별은 남녀의 신체적 차이와 생물학적인 구별만을 의미하는 것이 아니라 남녀의 본질적·창조적 특성을 말하는 것이다. 결코 종속 개념이 아닌 것이다.

여시인으로 사는 것은
몸 없이 섹스를 파는 것인지도 몰라

아무리 깊고 아름다운 시를 써도
사람들은 시보다는
시 속에서 그녀만을 좀 맛보려 하지

198

몇 년 전에 발표한 「여시인」이란 시다. 이 시를 발표한 후 『나는 문이다』와 『다산의 처녀』 등 두 권의 시집을 펴냈지만 그 시집 어디에도 이 시는 수록되지 않았다. 왜냐하면 이 시를 포함시켰다가는 시집을 소개하는 신문이나 매체들이 자칫 「여시인」만을 인용하고 화제로 삼을 것 같았기 때문이었다. 그런 의미에서 나는 여시인으로서 사회적 편견과 관습으로부터 여전히 자유롭지 못한 것이다. 나의 문학을 평가하지 않고 다른 것을 화제 삼는 것을 거절하고 싶었던 것이 사실이었다.

*

 조선시대 기녀妓女 시인들의 작품이 문학적으로 빼어남에도 불구하고 그동안 본격적인 문학사나 문학 연구 대상에서 제외되었던 것을 상기하면 여자로서 시를 쓴다는 것이 얼마나 수많은 관습과 벽과의 싸움을 감수해야 하는 것인가를 더욱 확연하게 알 수 있다. 조선시대 여성 시인들의 작품은 최근까지도 여성이라는 혹은 기생이라는 특수 신분을 내세운 뒤 언제나 유보 조항과 함께 다루었던 것이 사실이다.

 기생은 본래 특별한 분야의 기예를 익힌 전문 기능을 가진 여성을 지칭하는 말이었다고 한다. 신라시대의 화랑이 시발이라 할 수 있는 원화源花에서 기인한 것(『삼국사기』)이라고도 하나 그 기원에 대한 확실한 자료가 있는 것은 아니다. 기학妓學은 원래 의약술이었다는 설도 있지만 가무歌舞의 재주가 있었다고 하여 이름을 기생妓生이라 하였다고도 한다. 확실한 것은 사람들이 생각하는 것처럼 화류계의 여성을 지칭하는 말이 아니었다는 사실이다.

이능화의 『조선해어화사朝鮮解語花史』는 신라시대에는 노래하는 사람과 춤추는 사람을 모두 척尺이라 하였다고 전한다. 기생들이 춤출 때 모두들 같은 소리로 지화자持花者 하는데 이때의 자者는 곧 척尺 자의 음이다. 고려 때에는 미모의 여비들이 기예와 가무를 연습하여 고려 여악女樂의 시초가 되었다고도 한다.

그러나 기생의 기원이나 신분이 무엇이었든 간에 결국 그들에 대한 편견과 차별은 두텁기만 했고 자연히 그들의 문학작품 또한 제대로 평가를 하지 않고 늘 한쪽으로 비켜놓은 것이 사실이다.

나는 한국 『여류시가시조』를 편저한 적이 있다. 고조선시대 「공무도하가」에서부터 백제의 유일한 현전 가요 「정읍사」와 조선 기녀들의 시편들을 한데 모은 시집이었다. 이미 절판되어 이제는 쉽게 구할 수가 없는 책이 되었지만 말이다.

그 후에 다시 내가 엮고 해설한 책이 『기생시집』이다. 『기생시집』을 엮고 해설하며 가장 중점을 둔 것은 이들의 빼어난 작품들을 한국문학사 속으로 당당히 인양시키는 일이었다. 문제 또한 없는 것이 아니었다. 신분이 기생이었던 관계로 우선 작품들의 진위 문제가 큰 문제로 부각되었다. 여성에게는 글을 가르치지 않았고 문자의 기록이 없던 시대라 주로 주연酒宴 석상에서 즉흥시로 읊었던 시들 중에는 상당 부분이 중국의 한시를 패러디한, 즉 차작借作 작품

여자가 시를 쓰는 것은 위험한 일이다

불을 만지고 노는 것과 같다

붉게 솟은 젖꼭지를 눌러

비상벨을 눌러

여자가 시를 쓰는 것은

신과 키스를 하려는 것이다

사내들의 손이 미치지 못하는 곳에서

여자들은 즐거이 절규하고

아이를 낳듯이 시를 쓴다

여자들이 낳은 자식은 오직 그녀의 자식이다

사내들은 무언가 한 방울을 섞은 기억은 있지만

그것을 증명할 길이 없으므로

서둘러 여자들이 낳은 아이에게

자신의 성씨姓氏를 부여한다

아내와 어머니로 가두고

모성애란 위대한 것이라고 찬양한다

여자가 쓴 시는 비명!

혀끝조차 대기가 뜨거울 때가 많다

그래서 사내들은 그녀의 시를 따돌리다

슬며시 역사 밖으로 내던지려 한다

문정희,
「여자가 시를 쓰는 것은」

이 많았다는 것이다. 또한 조선 사회의 전통과 신분의 한계 때문에 세습적인 성노예로서의 분노나 사회 개혁 의지는커녕 주연 석상에서 문재ㅊㅐ를 발휘하면 그것을 칭찬하는 남성 권력자들에 휩싸여 그들의 옹호와 사랑에 취하고 말았던 것도 문제로 지적하지 않을 수 없다.

그런 의미에서 현대의 소위 상당수 여류 시인의 의식과 평가 속에도 기생적인 부분이 잔존되어 있는 것이 사실이다. 그렇다고 하더라도 조선시대 수많은 시조에서 문학성이 빼어난 작품 가운데 기녀의 작품이 다수라는 것을 확인할 수 있었다. 그런데 그 작품들을 출신 성분이나 남녀 성별의 문제 때문에 당당히 문학 작품으로 대접하지 않는다거나 연구 대상에서 제외해버린다면 가장 피해를 보는 것은 우선 한국의 문학사가 아닐까. 그런 의미에서 『기생시집』을 엮는 작업은 큰 의미가 있었다고 생각한다.

지난해 겨울 이탈리아 베네치아 대학에서 한국문학에 나타난 물의 이미지에 대하여 특강을 할 때 황진이의 시를 소개하며 영국의 문호 셰익스피어와 동시대를 살았던 조선시대 여성 시인이라고 소개했었다. 그 순간 잠시 목이 메었던 것을 지금도 기억한다.

16세기를 살았던 황진이는 생몰연대를 정확하게 모르지만 중종조 사람이라는 기록이 남아 있다. 그에 비해 허난설헌(1563년)은 셰익스피어(1564년)와 정확하게 같은 시대에 태어나 같은 시대를 산 기록이 남아 있다. 하지만 셰익스피어의 문학과 생애와 우리 선대의 여성 시인 황진이나 허난설헌의 생애를 비교해보면 작은 한

숨이 저절로 나온다.

> 꿈길밖에 길 없는 우리의 신세
> 님 찾으니 그 님은 날 찾았고야
> 이 뒤엘랑 밤마다 어긋나는 꿈
> 같이 떠나 노중路中서 만나를 지고
>
> ― 황진이,「상사몽相思夢」

　황진이를 비롯한 매창, 홍랑 등 조선시대 여시인들의 시는 그 시대 선비 묵객이 쓴 4,000여 수의 시조 가운데서도 단연 문학적으로 빼어난 가편들이다. 특히 황진이의 경우 규범과 타성을 벗어나 주체적인 삶을 구가했던 자유로운 예술혼이 돋보일뿐더러 그녀가 획득한 시적 성과는 어떤 칭송을 해주어도 아깝지 않은 것이다.

　그녀는 한시뿐 아니라 가무와 자색에도 뛰어나 많은 일화를 남기고 있지만 실은 그녀의 생애에 대한 자세한 기록은 대부분 후세에 창작된 것이라고도 한다. 우리가 흔히 알고 있는 그녀의 스토리는 영화나 텔레비전 드라마에서 재창조된 것이 많고 극적 구성을 더한 것이라고 보면 된다. 게다가 더욱 아쉬운 점은 소설이나 영화에 나오는 황진이는 시인이라기보다는 기생이라는 성적 존재로서 더 많이 다루어지고 있다는 것이다.

　그녀의 천부적인 가락과 비유법의 구사는 단연 돋보이고 그녀가 그만한 작품을 쓰기 위해서는 많은 습작과 퇴고가 있었을 것이다.

물론 독서력 또한 깊다는 것을 충분히 짐작할 수 있다. 그럼에도 불구하고 어떤 영화나 텔레비전 드라마도 시인 황진이의 모습보다는 기생 황진이만 크게 부각시키고 있는 것이다.

그녀에게 있어 시작 행위는 그녀의 기생으로서의 풍류나 성적 매력을 돋보이게 해주는 훌륭한 장신구일 뿐이다. 그녀는 당시 선전관宣傳官이었던 명창 이사종과 계약을 맺고 6년간 계약 결혼 생활에 들어갔는데, 이는 20세기 프랑스 최고의 지성 사르트르와 보부아르의 계약 결혼보다 4∼5세기가 빠른 것이다. 여성에게 특히 혹독했던 조선시대, 황진이를 비롯한 여시인들은 기생이라는 인간으로서의 비극과 그로 인한 슬픔과 애절함으로 시를 쓸 수 있었던 시인으로서의 축복을 동시에 지닌 존재이다.

"독서와 강의는 장부의 일이니 부인이 이를 힘쓰면 폐해가 무궁하리라."(『성호사설』)는 말을 주목해볼 필요가 있다. 또한 "부녀자가 함부로 시사를 지어 외간에 퍼뜨림은 불가하다."(『사소절』)는 말도 주목해볼 필요가 있다. 조선이란 그런 시대였고 그런 전통은 아직도 우리 의식 깊이 여러 형태의 얼룩으로 스며 있는 것이다. 그런 시대에 한편 이런 남성도 있었음을 잊고 싶지는 않다.

청초 우거진 골에 자는다 누웠는다
홍안을 어디 두고 백골만 묻혔는이
잔 잡아 권할 이 없으니 그를 슬허하노라

이 시는 조선 중기 명문장가 백호 임제의 시이다. 그가 평안도 평사가 되어 송도를 지나다가 쓴 시다. 그는 황진이의 무덤에 닭 한 마리와 술 한 병을 가지고 가서 이 시로 제사를 지냈다가 조야朝野의 비난을 받게 된다. "내가 이같이 좁은 조선에 태어난 것이 한이로다." 하며 크게 탄식했다는 후일담도 함께 전해진다. 그는 나중에 동서 당파 싸움을 개탄하고 세상을 멀리하며 명산 순례로 여생을 마쳤다고 한다. 임제가 기생 한우寒雨와 화답한 시조집『한우가』가 또한 전해진다.

어이 얼어 자리 무삼 일 얼어 자리
원앙침鴛鴦枕비취금翡翠衾을 어디 두고 얼어 자리
오늘은 찬비 맛자신이 녹아 잘까 하노라

『해동가요』 등에 실려 있는 시조로서 임제와의 화답시로 알려져 있는 이 시 속의 찬비는 그녀의 이름 '한우寒雨'를 비유하고 있음은 물론이다.

동서고금 '여성과 글쓰기'에 대한 편견과 차별은 이렇게 끝이 없다. 고대 그리스의 여성 시인 사포는 기원전 6세기에 살았던 유명한 시인이다. 그녀는 남성 중심의 그리스 사회에 자신의 시와 예술 세계를 당당히 입증하였다. 많은 남성들이 그녀의 감성에 매료되어 스스로 무장 해제했다고 한다. 그녀는 그 존재를 알릴 수 없었던 여성들의 암흑기에 한 점 빛나는 등불과도 같은 존재였던 것이다 (『세계사 여자를 만나다』).

어머니가 죽자 성욕이 살아났다

불쌍한 어머니! 울다 울다

태양 아래 섰다

태어난 날부터 나를 핥던 짐승이 사라진 자리

오소소 냉기가 자리 잡았다

드디어 딸을 벗어 버렸다!

고려야 조선아 누대의 여자들아, 식민지들아

죄 없이 죄 많은 수인囚人들아, 잘 가거라

신성을 넘어 독성처럼 질긴 거미줄에 얽혀

눈도 귀도 없이 늪에 사는 물귀신들아

끝없이 간섭하던 기도 속의

현모야, 양처야, 정숙아,

잘 가거라. 자신을 통째로 죽인 희생을 채찍으로

우리를 제압하던 당신을 배반할 수 없어

물 밑에서 숨 쉬던 모반과 죄책감까지

브래지어 풀듯이 풀어 버렸다

어머니 장례 날, 여자와 잠을 자고 해변을 걷는 사내여

말하라, 이것이 햇살인가 허공인가

나는 허공의 자유, 먼지의 고독이다

불쌍한 어머니, 그녀가 죽자 성욕이 살아났다

나는 다시 어머니를 낳을 것이다

문정희,
「강」

지난겨울 시칠리아 섬을 여행할 때였다. 나는 시칠리아 섬은 아직도 고대의 여시인 사포가 살았던 흔적을 여러 곳에서 자랑스럽게 기록하고 있음을 발견하고 몹시 반가웠다. 사포가 고향인 그리스의 레스보스를 떠나 가족과 함께 망명하여 2년간 살았다는 시칠리아 섬은 우리가 흔히 떠올리는 마피아의 본고장이 아니라 인류 최초의 여성 시인 사포가 살다 간 곳이라는 그 전설을 더욱 자랑스럽게 내세우고 있었던 것이다.

하지만 사포라고 하여 당대에 시를 쓰는 여성으로서 어찌 무사할 리가 있었을까. 그녀가 나고 자란 에게 해의 동부 레스보스 섬에는 그동안 남자들만이 가지던 스승과 제자의 관계가 사포로 하여금 여성들에게도 만들어졌었다. 그래서 그녀는 시인으로서의 유명세와 함께 곧 레즈비언, 즉 동성애자라는 낙인 아닌 낙인을 함께 부여받게 되었다. '레스보스 섬의 사람'이란 뜻의 '레즈비언lesbian'은 지금까지도 여성 동성애자를 지칭하는 말이 되었고, 사포는 그렇게 동성애자로 알려져 있다.

　그 여자 오늘은 날지만 머지않아 남의 뒤를 따를걸
　오늘은 선물을 받지만 머지않아 자신을 내줄걸
　오늘은 사랑이 없지만 머지않아 사랑하게 될걸
　비록 사랑하지 않아도

이 시는 사포가 쓴 시의 일부이다. 철학자 플라톤이 뮤즈라 불렀던 사포의 서정시는 많이 유실되고 여러 이유로 불에 태워지고 극히 일부가 남아 있다. 뮤즈라는 말은 아름답고 신비롭다. 예술적 영감을 주는 여성을 부르는 말이지만 그 말 속에는 단지 영감과 아름다움만이 아닌 트라우마가 함께 숨어 있음을 읽게 된다.

"내 속엔 비명이 살고 있어요."라며 밤마다 비명으로 파닥거리며 갈고리를 들고서 사랑할 대상을 찾았던 미국 여성 시인 실비아 플라스를 이쯤에서 또한 떠올리지 않을 수 없다. 그녀는 거상居像 아래 있는 작은 개미로 자신을 비유하며 '아버지'로 대변되는 전통과 구조적인 질서에 격렬한 분노를 표한다. 힘없고 나약한 자신의 상실과 소외를 노래하다가 가스 오븐에 머리를 넣고 자살하게 된다.

> 어떤 여자든 파시스트를 숭배한답니다.
> 얼굴을 짓밟은 장화, 이 짐승
> 아버지 같은 짐승의 야수 같은 마음을

여기에 나오는 아버지는 거대하고 부조리한 가부장적 세계의 상징어이다. 가정 안에서 가족을 이끌고 돌보는 보통 아버지가 아니다. 고통 어린 언어로 분노를 토했던 1980년대, 시인 최승자를 떠올리게 만드는 시이기도 한다. 남성 중심의 현실 사회에 대한 억압구조와 소외를 표현했던 실비아 플라스는 이렇게 노래한다.

> 아아, 나는 도대체 누구란 말인가
> 서리 내린 숲 속에서 팔랑개비국화들이 맞이하는

여성으로 글을 쓴다는 것은 슬프고 격렬한 비명이어야 하는가를 묻는 실비아의 글에 대한 대답을 최승자의 「자화상」이란 시에서 찾아보면 이렇다.

나는 아무의 제자도 아니며
누구의 친구도 못 된다.
잡초나 늪 속에서 나쁜 꿈을 꾸는
어둠의 자손, 암시에 걸린 육신.

어머니 나는 어둠이에요.
그 옛날 아담과 이브가
풀섶에서 일어난 어느 아침부터
긴 몸뚱어리의 슬픔이에요.

현재 미국을 대표하는 여성 시인 에이드리언 리치에 대해 사람들은 위대한 초국가적 시인이라 표현한다. 다양한 사회적 약자를 대변하는 그녀는 새로운 사회 질서는 생명을 가진 통합체로서 여성 육체의 진실에서 출발해야 한다고 주장한다. 남성적 이데올로기는 사물을 대립화, 분할화, 서열화시킬 뿐이라는 날카로운 주장을 하며 당돌하게 "더 이상 어머니는 없다."라고 외친다.

남성들이 지배하고 폄하하는 여성의 본질 가운데 유일하게 신성시하는 모성애야말로 그들이 여성에게 덮어씌운 굴레이며 이 또한 여성을 억압하는 하나의 이데올로기라고 그녀는 분석한다. 모성신화에 대한 반성을 촉구하는 이 말은 문득 우리의 선구 여성 나혜석이 말한 "정조는 취미이고 모성애는 습관이다."라는 말을 연상시키기도 한다.

여자를 원한다는 것이
당신에게 어떤 느낌일지
난 상상하려고 애쓰고 있어요

볼록렌즈처럼 초점이 맞춰진
성기에 집중한
욕망을

차별 없는 욕망을
마약처럼 여자를 원하는 욕망을
환상으로나마 불러 내려고 애쓰고 있어요.

—에이드리언 리치,「크리스털을 재구성하며」중에서

리치는 남성의 본능을 공격하며 여성주의 의식을 갖기 전의 자신과 현재 여성주의 시를 쓰는 자신을 구분하고 있다. 이 시의 뒷부분에는 이런 구절도 있다.

"위험한 철망으로 둘러싸인 시의 들판으로 낙하산을 타고 내리 거나, 계곡과 협곡을 지나 분화구처럼 구멍 난 여자의 기억 속으로 여행하는 것일 수도 있어."

이렇듯 대담하고 급진적인 그녀의 육성을 통해 최근 일어나는 여성에 대한 명료한 인식 변화를 보게 된다. 에이드리언 리치는 신념과 용기가 넘치고 단호하여 어떨 때는 우리에게 다소의 혼란과 모순을 야기하기도 한다. 하지만 시의 진정한 본질은 연대의 정신과 공동 언어를 향한 소망이라고 주장하는 그녀는 어쨌든 20세기 대표 여성 시인이다.

사실 나를 억압하는 마지막 보루는 내 자신이요, 어머니로 지칭되는 본능적 모성애였는지도 모른다. 아니, 어머니로 지칭되는 전통과 답습과 세상에 나가 상처를 입을까 봐 잔뜩 겁을 먹고 길들인 대로 살려고 하는 비겁함이었는지도 모른다. 스스로의 타성과 고정관념들이었는지도 모른다. 최근 우리 문학에는 여러 종류의 '어머니' 테마가 화제가 되고 있지만 '어머니'라는 테마는 강물처럼 깊고 복합적인 최후의 테마가 아닐까.

나는 다시 처음 언급한 헝가리 작가 산도르 마라이의 말에 귀를 기울여본다. 시인은 시를 쓰려는 생각을 버려야만 비로소 시를 쓸 수 있게 되므로 인식과 경험의 비밀을 벗어던지라고 한다. 한없이 자유로워야 한다는 말이다. 사실 나는 아직도 완전히 자유롭지 못하다. 아직도 내 안에 뜨거운 비명이 살아 있다. 아직도 멀고 멀었다. 아니, 끝없이 쓰고 또 쓸 뿐이라고 말하질 않았는가. 그렇다면 이 말은 좀 하고 싶다.

나에게 사랑과 고통과 상처를 준 나의 삶이여, 뮤즈들이여. 네가 준 절망, 네가 준 죄의식, 네가 준 사랑에 감사한다. 네 피를 찍어 나는 시를 썼노라!

나의 펜은 페니스가 아니다

나의 펜은 피다

하늘이여 새여

먹어라

아나! 여기 있다

나의 암흑

나의 몸

새 땅이다

너에게 주는 선물이다

두 번은 없다

문정희,

「나의 펜」

"응"이라는
말

　　그때 멕시코로 떠나는 나의 손에는 로르카의 시집 『집시 민요집』이 들려 있었다. 나는 '관능'이라는 테마에 사로잡혀 있었다. 서둘러 말하자면 관능에 대한 나의 관심은 아쉽게도 경험보다는 나이에 기인한 것인지도 모른다. 경험이라면 더욱 축복이련만 그때 나는 이제 사랑과 관능을 제대로 좀 다룰 수 있는 때가 된 것 같다는 겁 없는 생각이 들기도 했었다.

　　억압과 폐쇄와 인간성에 대한 파괴는 여전히 존재했고, 사랑보다는 성과 변종된 욕망들이 더 많이 범람했지만 그렇기 때문에 나는 더욱 진정한 생명의 에너지로서 관능을 한국어로 표현해보고 싶었던 것이다. 로르카의 작품 중에서도 가장 빼어난 열정의 산물인 '집시의 노래'에서 기조를 이루는 것은 에로티즘과 죽음이다.

작열하는 태양 아래 안달루시아의 사랑이 물결치는 시는 아름답고 매혹적이었다. 억압받는 집시의 사랑과 슬픔을 통해 자유와 아나키, 본능이 분출하는 시편들은 나를 흥분시키고도 남았다. 더구나 멕시코는 내가 사랑하는 시인 옥타비오 파스의 나라, 아즈텍의 공기 속을 돌면서 나는 사방에 살아 있는 위대한 예술혼을 보았다.

파스는 에로티시즘을 말하며 노발리스의 말을 인용하여 "여인은 지고한 육체적 먹거리다."라고 하며 "성적 식인canilbalismo erotico에 의하여 인간은 변화되어 이전의 삶으로 돌아간다."라고 했다. 생에 대한 허기는 죽음에 대한 허기이며, 그리하여 에너지의 약동, 분출, 존재의 팽창은 존재와의 궁극적 일치와 동일화의 경험이라는 것이다.

여행 마지막 날 밤, 안달루시아 최고의 무희들이 추는 로르카의 춤 플라멩코를 수천 명의 관중들과 함께 서서 보며 나는 한국어로 표현해낼 관능에 대해 가슴을 떨었다. 멕시코시티에서 심포지엄을 마치고 중남미 세계도서전이 열리는 과달라하라로 가는 비행기를 탔을 때였다. 나는 내 앞자리에 지팡이를 짚고 앉아 있는 한 노인을 눈여겨보았다. 비행기에서 내리고서야 가르시아 마르케스를 발견하며 시작된 경이와 감동은 여행 내내 지속되었다.

스페인어권 문학상 중 세르반데스상과 함께 가장 권위 있다는 후안 룰포상 시상식 겸 중남미 도서전 개막식은 장엄했다. 세계적

거장들이 나란히 앉은 단상은 금세기 세계 문호들의 집합체였다. 같은 비행기를 탔던 가르시아 마르케스를 비롯하여, 남아프리카공화국의 나딘 고디머, 포르투갈의 주제 사라마구까지 세 명의 노벨상 수상작가에다, 거장 카를로스 푸엔테스, 그리고 후안 룰포상 수상 작가인 카를로스 몬시바이스가 나란히 앉아 있었다. 위대한 문학의 건재와 불멸성에 소름이 돋았다. 문학에 대한 자부심과 감동이 한없이 솟구치는 순간이었다.

도서전이 열리는 넓은 행사장 2층 살롱에는 한국시를 위한 살롱으로 안토니오 알라토르 홀이 예약되어 있었다. 나는 외국에서는 처음으로 한복을 입었다. 시 낭송을 한 후 스페인어로 번역된 한국 시집은 곧 매진되었고, 열정적인 스페인어권 독자들에게 둘러싸여 사인을 하느라 한동안 진땀을 뺐다. 유명한 스페인어권 연합통신사인 EFE와의 인터뷰도 성공리에 마쳤다. 그 인터뷰 기사는 신문에는 물론, 구글과 야후에 스페인어와 영어로 소개되어 동시에 전 세계로 전파되었다.

칠레의 여성 시인 가브리엘라 미스트랄의 시에서도, 그리고 화가인 프리다 칼로의 푸른 집에서도, 관능과 사랑과 죽음은 축제처럼 펼쳐져 있었다. 나는 나의 시 세계를 발표하면서 16세기 스페인에 살았던 프라니데라pranidera, 그러니까 '고추 주머니'라는 이름의 울보 여인과 전설의 멕시코 여인이며 차베라 베가스의 노래에도 나오는 요로나Llorona와 우리의 곡비哭婢를 함께 말했다. 사랑과 고통, 그리고 관능과 죽음에 대해 그녀들은 서로 놀랄 만큼 닮은 자매들이었다.

눈부신 열대꽃들이 흐드러진 소칼로 곳곳에서 뒤엉켜 키스하는 연인들을 보았다. 마치 교미 중인 뱀에게 돌을 던지는 것 같아 그 아름다움을 차마 눈으로 직시할 수 없어 나는 자꾸 땅으로 시선을 떨궜다. 신화에서처럼 그것을 바라보는 나의 눈이 그만 멀어버릴 것 같기도 했다.

나는 밤이면 호텔 방에서 시를 썼다. 그리고 서울로 돌아와 클림트와 에곤 실레의 그림을 보며 네루다의 사랑시와, 에니 아르노의 「탐닉」과, 바리코의 「비단」을, 그리고 릴케와 로댕의 「순간의 황홀」을 떠올렸다. 휴대폰이 울리면 "응"이라고 문자를 보내면서.

"응……?"

그런데 세상에 이만큼 아름다운 대답이 있을까. 의성어 "응"이라면 에로틱한 진도 아리랑의 "응 응 응"이요, 문자라면 세계 어느 문자에도 없는 황금비율을 가진 비주얼이다. 해와 달이 지평선 위에 동시에 떠 있는 문자, 그리고 그 의미는 합일의 정열, 그 자체라니. 나는 어디로 가는지 그저 갈 뿐이다. 물론 목적이 없다. 시는 그 존재만으로 이토록 즐거움과 아름다움이지 않는가.

햇살 가득한 대낮

지금 나하고 하고 싶어 ?

네가 물었을 때

꽃처럼 피어난

나의 문자

"응"

동그란 해로 너 내 위에 떠 있고

동그란 달로 나 네 아래 떠 있는

이 눈부신 언어의 체위

오직 심장으로

나란히 당도한

신의 방

너와 내가 만든

아름다운 완성

해와 달

지평선에 함께 떠 있는

땅 위에

제일 평화롭고

뜨거운 대답

"응"

문정희,
「"응"」

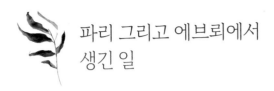

파리 그리고 에브뢰에서 생긴 일

한·불 수교 130주년을 맞아 한국이 주 빈국으로 초대된 올해도 파리 도서전은 지난 3월의 나흘 동안 다양한 공식 일정을 통해 한국의 작가와 책을 소개했다. 그 열기와 관심은 다행히 공식 일정 후에도 식지 않고 이어졌다. 파리 도서전 행사를 마친 다음 날, 기차를 타고 노르망디에 있는 에브뢰 도서관으로 갔다. 시 낭송 초대시인으로 그곳 청중과 만나 밤늦도록 대화를 나누고 팬 사인회도 했다.

프랑스어로 번역된 나의 시집은 제목이 '찬밥 먹는 사람'이었는데, 그것은 구체적으로 어머니를 지칭하는 것이지만, 의미를 확대하면 늘 남을 위해 일하고 자신은 드러내지 않는 사회적 타자들에 대한 사랑을 노래한 시집이다. 굳이 페미니즘이 아니더라도 이 시집은 전통 가치 속에 매몰돼 있으리라고 생각했던 동아시아 여성 시인이 당당하고 솔직하게 현실을 노래한 시집으로 평가돼 작은 반향을 불러일으켰다. 한국문학번역원, 대산문화재단의 지원과 정성껏 번역해준 번역자의 힘이 컸다고 생각한다.

에브뢰 도서관에서도 프랑스 배우의 멋진 낭송이 큰 기여를 한 것 같았다. 시낭송이 끝날 때마다 청중은 코리아라는 나라에 대해 우호적인 친밀함을 더해갔다. 여러 질문 중에 한 중년 여성의 질문이 인상적이었다.

"한국은 매우 역동적인 과정들을 치르고 오늘에 이른 나라다. 여성 시인으로 살면서 꾸준히 시를 쓸 수 있는 힘의 근원은 무엇인가?"

"아일랜드의 유명 시인은 '펜은 페니스이다(Pen is Penis)'라고 말했지만, 나의 펜은 피다. 나는 삶의 경험들을 잉크가 아닌 피로 쓴다."

참석자들이 미소와 함께 박수를 보내왔다.

그날 밤늦게 에브뢰 도서관에서 제공한 차로 파리로 돌아오며 나는 검은 구름 속에 떠 있는 달을 오래 쳐다보았다. 한국어는 세계의 중요 언어에 비해 영향력이나 점유율에 있어 유리하진 않지만, 나의 모국어로 나를 표현할 수 있는 삶에 대해 깊이 감사했다.

벌써 7년 전의 일이다. 여러 난관 끝에 시집은 프랑스어로 번역

됐지만, 정작 이 원고를 출판해줄 출판사를 찾지 못해 다시 전전긍긍해야 했다. 한국문학, 그중에서도 한국의 시에 대해 관심이 없는 현실이라 예상했던 일이기도 했다. 프랑스의 대표적인 시 이론가이자 시인인 미셸 콜로 교수의 추천사를 달고 이 원고는 드디어 에디시옹 데 팜('여성출판사'라는 뜻)의 출판 약속을 받아내는 데 성공했다. 여성 해방 운동의 선구적인 역할을 하는 출판사로 오래전부터 정신분석과 문화적·지적 중심 역할을 하는 곳이었다. 아시아 여성으로는 베나지르 부토 파키스탄 총리의 자서전을 낸 것이 유일하다고 했다. 그러나 겨우 뚫은 이 출판사도 편집인 가족의 돌연한 자살 등으로 한없이 출판을 뒤로 미뤘다. 그렇게 우여곡절을 겪다가 열성적인 문학 출판사 브뤼노 두세와 새로이 계약을 하기에 이르렀다. 그 결과 시집 '찬밥 먹는 사람'(『*Celle qui mangeait le riz froid*』)은 프랑스에 상륙하게 됐다.

시집이 출판되자 예상 밖의 반응들이 일어났다. 유명한 라디오 '프랑스 퀼튀르'의 인기 프로그램 〈외칠 필요가 없다〉에서 45분 동안 특집으로 시 세계를 다루어주었다. 세계적인 비평가요, 언어학자인 줄리아 크리스테바가 출연한 프로그램이라는 이 방송이 10여 편의 시를 소개하는 동안 출판사의 사이트가 다운될 정도로 열띤 반응이 왔다고 한다. "처음 접해본 한국 시인의 시가 이렇게 당당하고 힘이 있다니 놀랍다."는 반응이었다고 한다.

프랑스의 대표 문예지인 90년 전통의 《유럽》에 서평이 실렸고, 프랑스의 '시인들의 봄'에 한국 시인으로는 처음 공식 초대를 받았다. 그때 나를 인터뷰한 알리그로 FM 독서 프로그램 진행자 소피 아뤼크는 "당신의 시에는 생명과 자유에 대한 강렬한 메시지가 있는데, 그것이 프랑스 독자들을 감동시키는 것 같다."고도 했다.

'시인들의 봄' 축제에 참가하고 돌아온 지 몇 달이 지난 후, 프랑스의 대표적인 예술 채널 AR-TE 텔레비전의 다큐 감독 자크 뎁스가 서울에 나타났다. 그는 한·불 수교 130주년을 맞아 '기적의 한국' 5부작을 제작하고 있었다. 자크 뎁스는 치밀함과 열정을 동시에 지닌 예술감독이었다. 그는 나의 서재를 우선 찍고 싶다고 했다. 그리고 오늘의 한국을 상징할 만한 장소에서 시 낭송을 하자고 했다. 서재는 나의 자궁이라며 사양하다가 결국 카메라 장비와 스태프를 나의 서재로 불러들이고 말았다. 한국의 홍보물을 찍으러 온 것이 아니라, 한국이 이룩한 기적과 그 명암을 찍으러 왔음을 몇 번이고 강조한 그에게 설복당해 나는 고층 빌딩과 성형외과와 러브호텔이 즐비한 강남의 대로에서 시낭송 촬영도 했다. "당신의 시를 읽는 동안 날카로운 톱으로 팔을 긁는 것 같은 실감과 통증을 느꼈다."는 그의 소감이 깊고 고마웠다.

그런 배경 위에 올해 한·불 수교 130주년 파리 도서전에 몇몇 작가와 함께 초대됐다. 프랑스에 도착한 날, 브뤼노 두세 출판사는 그동안 나의 시집이 꾸준한 반향을 일으켰다며 인세를 지불했다. 얼마나 정확하게 계산을 했는지 동전까지 들어 있는 인세 봉투를 받아들고 나는 크게 감격했다. 몇만 부가 팔린 책보다 소중하고 값진

인세였다. 프랑스에서 시집 인세를 받다니……. 아름다운 기적이
일어났다는 생각이 들었다.

　사실, 우리는 1377년에 이미 구텐베르크보다 앞선 현존 최고最古
의 금속 활자본『직지심경』을 찍은 선조를 가졌다. 하지만 한국 시
집 한 권의 프랑스 상륙이 이런 격랑 끝에야 겨우 이루어진 것이 현
실이다. 이제 시작이다.

젊음은
인동초이다

지구 온도가 상승하고 있다는 우려를 잠시 잊게 해줄 만큼 이번 겨울은 한동안 춥고 매서웠다. 날씨가 풀려가는 것 같아 어깨를 펴고 하늘을 보며 문득 이런 생각을 했다. 혹독한 계절을 이겨내고 살아남은 봄날의 생명은 모두 인동초忍冬草구나 하는 것이다. 군사 독재 시대를 거쳐 모질게 민주화의 길을 걸었던, 이제 고인이 된 유명 정치인만 인동초가 아닌 것이다.

얼마 전의 일이다. 한 젊은 기자가 간곡한 목소리로 인터뷰를 요청해왔다. 그와는 우수 문학 도서를 추천하는 일로 한동안 얼굴을 익힌 사이인데, 이번에 다른 매체로 직장을 옮겼다며 나에게 인터뷰를 요청한 것이다. 그 지면의 제목이 하필 '인동초'여서 잠시 갸우뚱했지만 그냥 응하기로 했다.

그와의 인터뷰는 처음엔 자연스럽게 진행되었다. 그런데 얘기가 깊어질수록 그는 자꾸 같은 질문을 반복했다. 그가 듣고자 하는 대답이 내 입에서 나오지 않은 것 같았다. 그는 내가 시인으로서 경제적 가난을 어떻게 견디고 인동초처럼 살아남았는지를 듣고 싶은 것 같았다.

하지만 나는 아무리 생각해도 그리 크게 가난한 기억이 없었다. 물론 젊은 날부터 시에 매달려 살아오는 동안 나라고 왜 경제적 시련이나 가난의 한파를 겪지 않았겠는가. 하지만 진실로 나는 그런 것을 한 번도 한파나 위기라고 느껴본 적이 없었다. 그보다는 문학에 대한 좌절과 위기가 더 큰 한파로 느껴져 고통스러웠던 기억이 많은 것이다. 그래서 그의 질문 앞에 내 대답이 계속 빗나갔던 것이다.

언젠가도 고백했지만, 나는 대학을 졸업하자마자 겁도 없이 결혼을 단행한 나머지 셋방조차 제대로 얻을 수가 없었다. 그래서 신촌 어느 좁은 골목에서 하숙을 했었다. 부부 하숙생으로 출발한 것이다. 그래도 크게 불행하다는 생각은 하지 않았다. 하숙집 창밖으로 내리는 폭설을 보며 네 줄짜리 우쿨렐레로 하염없이 당시 유행하던 〈부베의 연인〉이나 〈맨발의 청춘〉을 켰던 기억이 생생하다. 그러곤 곧 변두리 외딴 단칸 셋방으로 옮겼는데 근처 논에서 밤새도록 맹꽁이가 울었다. 그 맹꽁이 울음을 들으며 스탠드 전등 대신 기역 자로 된 군용 손전등을 켜놓고 밤마다 시를 썼는데 그렇게 집중이 잘될 수가 없었다.

전쟁이 남긴 사금파리나 탄피로 소꿉놀이를 하며 자라난 세대라 가난이나 고통에 익숙해서가 아니다. 중학교 때 4·19와 5·16을 만났고, 대학 시절 데모 때문에 계절병처럼 휴교를 치르며 최루탄 범벅이 되었던 세대여서도 아니다. 유신과 광주민주화운동을 목격하고 절망하고 참담한 시절을 참아냈기 때문만도 아니다.

펄펄 끓는 젊음이 그 모든 것들을 그냥 이기게 했던 것이다. 그렇게 살아오며 나는 아직도 시를 쓰고 있다. 그 사실만으로 나는 성공했다고 생각한다. 이 두려운 개발과 자본의 속도와 물신주의 속에서 돈과는 무관한 시를 쓰며 살아왔다는 것! 나는 스스로 이것이 인동초 이야기가 아니라면 무엇이 인동초인가 하고 생각한다.

한국이 외채 4위국이었던 1980년대 중반, 아이 둘을 데리고 미국으로 건너가 뉴욕대 대학원에 입학했다. 바퀴벌레 우글거리는 퀸즈의 좁은 아파트에 살며 말 한마디 못하는 아이들을 공립학교에 집어넣고 어렵사리 대학원에 등록했다. 공부가 힘든 것은 접어두더라도 하루는 아이들이 머리에 이를 옮아와 독한 샴푸로 머리를 감기며 기막히고 참담해서 한국으로 돌아가려고 이를 악물기도 했었다. 삶이 온통 추웠고 온통 더웠고 피폐하고 외로웠다. 맨해튼 14번가 지하 남성복 가게 카운터에 서 있다가 바지를 사러온 흑인이나 남미인의 바짓단을 재봉틀로 줄여주어 판매를 돕기도 했다. 그리고 소호의 길에서 산 펑크 옷을 입고 학교에 가면 누가 봐도 나는 뉴욕에 유학 온 예술가였다. 그때 그 지하 카운터에서 손님들과 싸우며 익힌 스트리트 영어는 지금 세계 어디를 가도 겁이 안 날 만큼 당당한 힘의 근간이 되었다. 마치 이상한 연극에 출연했던 것처럼 그 시절 우드사이드 아파트와 그 지하 가게가 그립고 스스로 멋지게 느껴지기도 한다.

부동산으로 대박을 친 적도 없고, 주식으로 재산이 눈덩이로 불어난 일도 없고, 권력을 가진 적도 없고, 책이 베스트셀러가 되어 빚을 단숨에 갚은 경험도 내게는 없다.

아마도 그 젊은 기자는 그런 스토리 하나쯤 들려줄 것을 기대한 것은 아닐까. 처음에 나를 인동초로 보아준 것은 고맙지만 나는 기실 그런 인동초와는 거리가 먼 것이다. 그가 생각하는 인동초와 나의 인동초는 이렇듯 너무 멀고 다른 것이었는지 인터뷰 기사는 끝내 불발로 마무리되고 말았다.

최근 젊은 세대들이 말하는 3포 세대, 또는 5포 세대라는 말을 듣고 정말 놀랐다. 취업·결혼·출산, 이 3가지의 포기를 뜻한다는 3포라는 말을 처음 들었을 때 나는 그것이 3가지의 포천fortune·행운이거나, 또는 파시빌리티possiblity·가능성를 뜻하는 것인 줄 알아 부럽기조차 했다. 그런데 포기라는 것이 아닌가. 물론 현재 우리 사회, 젊은 세대가 당면하고 있는 구조적인 문제나 모순을 모르는 것은 아니지만, 포기라는 단어는 젊음에 갖다 대기에는 전혀 어울리지 않는 것이 사실이다.

젊음이 있는 한 어떤 것도 기회요, 가능이요, 밑거름이라는 것을 나는 확실히 말하고 싶다. 포기라는 단어만은 쓸 수가 없는 것이다.

이 땅의 혹독한 겨울을 이겨낸 저 주름지고 늙고 피로한 인동초들의 깊은 얼굴들을 떠올려보라. 검푸른 넝쿨마다 흰 꽃이 향기로운 인동초를 어찌 사랑하지 않고 배길 수 있으랴. 감히 나도 인동초라고 우기고 싶다.

작품 출처

문정희 시 작품

「오늘밤 나는 쓸 수 있다―네루다풍으로」 전문,『오라, 거짓 사랑아』, 민음사, 2001.

「편지」 전문,『찔레』, 북인, 2008.

「목숨의 노래」 전문,『어린 사랑에게』, 미래사, 1991.

「머플러」 전문,『양귀비꽃 머리에 꽂고』, 민음사, 2004.

「술래잡기」 부분,『하늘보다 먼곳에 매인 그네』, 나남, 1988.

「겨울 호텔―상트페테르부르크에서」 전문,『웅』, 민음사, 2014.

「겨울사랑」 전문,『이 세상 모든 사랑은 무죄이다』, 을파소, 1998.

「사랑해야 하는 이유」 전문,『양귀비꽃 머리에 꽂고』, 민음사, 2004.

「유산 상속」 전문,『나는 문이다』, 민음사, 2016.

「테라스의 여자」 전문,『양귀비꽃 머리에 꽂고』, 민음사, 2004.

「딸의 소식」 전문,『양귀비꽃 머리에 꽂고』, 민음사, 2004.

「겨울 일기」 부분,『새떼』, 민학사, 1975.

「서시」 전문,『아우내의 새』, 랜덤하우스코리아, 2007.

「생일 파티」 전문,『양귀비꽃 머리에 꽂고』, 민음사, 2004.

「한계령을 위한 연가」 전문,『남자를 위하여』, 민음사, 1996.

「키 큰 남자를 보면」 전문,『오라, 거짓 사랑아』, 민음사, 2001.

「초대받은 시인」 전문,『나는 문이다』, 민음사, 2016.

「찔레」 전문,『찔레』, 북인, 2008.

「이별 이후」 전문,『지금 장미를 따라』, 민음사, 2016.

「고독」 전문,『찔레』, 북인, 2008.

「유방」 부분,『오라, 거짓 사랑아』, 민음사, 2001.

「물을 만드는 여자」 전문, 『양귀비꽃 머리에 꽂고』, 민음사, 2004.

「늙은 꽃」 전문, 『다산의 처녀』, 민음사, 2010.

「여시인」 부분, 『웅』, 민음사, 2014.

「여자가 시를 쓰는 것은」 전문, 미수록

「강」 전문, 『웅』, 민음사, 2014.

「나의 펜」 전문, 『웅』, 민음사, 2014.

「"웅"」 전문, 『나는 문이다』, 민음사, 2016.

그외 시 작품

김지하, 「사랑 얘기」 전문, 『새벽강』, 시학, 2006.

김지하, 「푸른 옷」 부분, 『타는 목마름으로』, 아킬라미디어, 2016.

서정주, 「동천」 전문, 『동천』, 민중서관, 1986.

서정주, 「문둥이」 전문, 『화사집』, 문학동네, 2001.

서정주, 「피는 꽃」 전문, 『동천』, 민중서관, 1986.

최승자, 「자화상」 부분, 『이 시대의 사랑』, 문학과지성사, 1981.

에이드리언 리치, 「크리스털을 재구성하며」 부분, 『문턱 너머 저편』, 한지희 옮김, 문학과지성사, 2011.

표지 그림

Kay Sage, <Le passage>, oil on canvas, 91×71cm, 1956.

© 2016 Estate of Kay Sage / SACK, Seoul

치명적
사랑을
못한
열등감

초판 1쇄 발행 | 2016년 11월 3일

지은이 | 문정희
발행인 | 이상언
제작책임 | 노재현
에디터 | 박성근
본문 일러스트 | 권아라
마케팅 | 오정일 김동현 김훈일 한아름 이연지

발행처 | 중앙일보플러스(주)
주소 | (04517) 서울시 중구 통일로 92 에이스타워 4층
등록 | 2007년 2월 13일(제2-4561호)
판매 | 1588-0950
제작 | (02) 6416-3925
홈페이지 | www.joongangbooks.co.kr
페이스북 | www.facebook.com/hellojbooks

ⓒ 문정희, 2016

ISBN 978-89-278-0807-7 03810

문예중앙은 중앙일보플러스(주)의 문학 단행본 브랜드입니다.